우리 패거리

우리 패거리

OUR GANG

필립 로스 장편소설

김승욱 옮김

비채

버크넬 대학교의 밀드레드 마틴,

지금은 안티오크 대학에 있는 로버트 모러,

시카고 대학교의 네이피어 윌트에게.

이 세 스승의 가르침과 격려에

나는 지금도 특별히 감사하고 있다.

(……) 세상의 다른 곳에 사는 인간의 본성에 대해 주인님과 자주 대화하던 기억이 난다. '거짓말'과 '거짓 표현'에 대해 말할 기회가 생겼을 때, 주인님은 내 말을 이해하는 데 많은 어려움을 겪었다. 다른 이야기를 할 때는 몹시 예리한 판단력을 보여주는 분인데도. 주인님은 이렇게 주장했다. 우리가 말을 사용하는 것은 자신의 뜻을 상대에게 이해시키고, 사실에 관한 정보를 얻기 위해서다. 그런데 만약 누가 사실이 아닌 말을 한다면 이러한 목적이 좌절된다. 내가 그 사람의 말을 제대로 이해했다고 말할 수 없기 때문이다. 또한 정보를 얻는 것과도 거리가 멀어서, 나는 무지보다 오히려 더 못한 상태가 된다. 흰 것을 검다고, 긴 것을 짧다고 믿게 되기 때문이다. 인간들 사이에서 아주 보편적으로 행해지며 인간들이 완벽하게 이해하고 있는 거짓말이라는 재주에 대해 주인님이 갖고 있는 생각은 이것이 전부였다.

조너선 스위프트, 《후이늠 세계로의 항해》, 1726년

(……) 현재의 정치적 혼돈이 언어의 쇠퇴와 관련되어 있으며, 먼저 언어에 손을 댄다면 십중팔구 어느 정도 상황을 개선할 수 있을 것이라는 점을 인정해야 한다. (……) 정치적 언어, 그리고 보수당에서 무정부주의자에 이르기까지 모든 정치세력에 해당되는 갖가지 변형은 거짓말을 진실처럼 들리게 하고, 살인을 훌륭한 일로 만들고, 바람을 단단한 것처럼 보이게 하려고 고안된 것이다.

조지 오웰, 〈정치와 영어〉, 1946년

차례

개인적 종교적 신념에 의거하여 나는 인구통제의 수단으로서 낙태를 결코 받아들일 수 없다고 생각한다. 더 나아가 제한 없는 낙태 정책 또는 당사자의 의사에 따른 낙태는 인간 생명의 신성함에 대한 나의 개인적 믿음에 어긋난다. 여기에는 아직 태어나지 않은 태아의 생명도 포함된다. 태아 또한 법뿐만 아니라 유엔이 상술한 원칙에 의해서도 인정되는 권리를 분명히 갖고 있기 때문이다.

리처드 닉슨

샌클레멘테, 1971년 4월 3일

1

트리키가
괴로워하는 국민을
위로하다

- **일러두기**
1. 본문의 고딕체는 원서에서 이탤릭체로 강조한 부분입니다.
2. 모든 주는 옮긴이주입니다.

국민 4월 3일에 아직 태어나지 않은 태아의 생명을 포함한 인간 생명의 신성함에 대해 분명한 견해를 밝혀주셔서 기쁩니다. 그건 많은 용기가 필요한 행동이었습니다. 특히 11월의 선거결과를 감안하면 말이죠.

트리키 음, 감사합니다. 물론 제가 인간 생명의 신성함에 반하는 견해를 발표해서 인기를 끌 수도 있었습니다만, 솔직히 그렇게 손쉬운 방식으로 연임에 성공하느니 제가 옳다고 믿는 행동을 하고 연임에 실패한 대통령이 되는 편이 나을 것 같습니다. 유권자뿐만 아니라 제 양심도 생각해야 하니까요.

국민 대통령님의 양심은 저희 모두에게 경이의 대상입니다.

트리키 감사합니다.

국민 베트남 미라이에서 민간인 스물두 명을 죽인 혐의로 캘리 중위가 유죄판결을 받은 것에 대해 대통령님께 여쭤봐도 되는지 모르겠습니다. 1968년 미라이에서 수백 명의 민간인이 미군에 의해 학살당하는 사건이 벌어져 군인 스물여섯 명이 기소되었으나, 캘리 중위만이 스물두 명을 죽인 혐의가 인정되어 종신형을 선고받았다. 그러나 닉슨 대통령의 감형으로 그는 삼 년 육 개월 동안 가택연금을 당하는 데 그쳤다.

트리키 얼마든지 물어보셔도 됩니다. 아마 제가 인기를 끌 만한 행동을 하지 않은 또 다른 사례로 말을 꺼내신 것 같은데요.

국민 무슨 말씀이십니까?

트리키 음, 그 유죄판결에 반대하는 강력한 여론을 감안할 때, 제가 군 통수권자로서 인기를 끌고 싶었다면, 어느 때보다 큰 인기를 끌고 싶었다면 그 스물두 명의 비무장 민간인에게 캘리 중위를 죽이려 공모한 혐의로 유죄판결이 내려지게 했을 겁니다. 그러나 신문을 읽어보면 제가 그런 조치를 거부하고, 그 민간인들의 유죄 여부가 아니라 캘리 중위의 유죄 여부만 재검토하는 편을 선택했음을 알 수 있을 겁니다. 조금 전에 말했듯이 저는 차라리 연임에 실패한 대통령이 되는 편이 낫습니다. 마침 베트남 이야기가 나왔으니, 한 가지 더 분명히 밝혀도 되겠습니까? 저는 다른 나라의 내정에 간섭하지는 않을 겁니다. 티우 대통령이 충분한 증거를 모아 조상숭배와 관련된 베트남 법률에 의거하여 그 미라이 마을의 주민 스물두 명을 사후 재판에 회부하고자 한다면, 그건 티우 대통령이 알아서 할 일입니다. 저는 어떤 식으로든 베트남의 사법체계에 간섭할 생각이 없음을 분명히 밝힙니다. 선거를 통해 정당하게 선출된 베트남 공직자들과 티우 대통령의 힘만으로도 법과 질서에 따라 그 사건을 잘 '해치울' 수 있을 것이라고 봅니다.

국민 저를 계속 괴롭히던 의문은 이겁니다. 저 역시 인간 생명의 신성함에 대해 대통령님과 같은 믿음을 갖고 있는 만큼⋯⋯.

트리키 훌륭하십니다. 틀림없이 미식축구도 아주 좋아하실 것 같군요.

국민 맞습니다. 감사합니다, 대통령님⋯⋯ 태아의 생명에 대해 저도 대통령님과 같은 생각을 갖고 있는 만큼, 캘리 중위가 낙태를 저질렀을 가능성 때문에 마음이 괴롭습니다. 이런 말은 정말 하고 싶지 않습니다만, 대통령님, 캘리 중위가 죽인 베트남 민간인 스물두 명 중에 임신한 여성이 한 명쯤 있었을지도 모른다고 생각하면 정말 괴롭습니다.

트리키 잠깐만요. 이 나라 법에는 무죄추정의 원칙이라는 전통이 있습니다. 미라이의 그 도랑엔 아기들의 시체도 있었지요. **모든** 연령대의 여성들 또한 있었습니다. 하지만 미라이의 그 도랑에 **임신한** 여성이 있었음을 암시하는 문서는 단 한 건도 보지 못했습니다.

국민 하지만 만약…… 만약 그 스물두 명 중에 임신한 여성이 한 명 있었다면요? 대통령님이 중위의 판결을 법적으로 재검토할 때 그 사실이 밝혀졌다면 어땠을까요? 대통령님은 아직 태어나지 않은 태아의 생명도 포함해서 인간 생명의 신성함을 개인적으로 믿는 분이시니, 그런 사실이 밝혀졌다면 캘리 중위의 항소에 불리한 쪽으로 심각한 편견을 갖게 되지 않았을까요? 낙태에 반대하는 사람으로서 제가 그런 사실을 알게 되었다면 솔직히 엄청난 영향을 받았을 겁니다.

트리키 정말 솔직한 말씀입니다. 하지만 법을 공부한 사람으로서 저는 그 문제를 다룰 때 감정의 영향을 조금 덜 받을 수 있었을 것 같습니다. 우선 저는 캘리 중위가 문제의 그 여성을 죽이기 **전**에 그 여성의 임신 사실을 **알고** 있었는지 알아봤을 겁니다. 만약 임신이 아직 '드러나지' 않는 단계였다면 중위가 그 여성의 임신 사실을 도저히 알 길이 없었으며, 따라서 어떤 의미로도 낙태를 저질렀다고 볼 수 없다는 결론을 내리는 것이 공정하다고 생각합니다.

국민 만약 그 여성이 임신 사실을 중위에게 **알렸**다면요?

트리키 좋은 질문입니다. 그 여성이 정말로 중위에게 알리려고 했을지도 모르죠. 하지만 캘리 중위는 영어밖에 모르는 미국인이고 미라이 마을 주민은 베트남어밖에 모르는 베트남인이니 언어로 의사를 전달할 수 있는 방법이 전혀 없었을 겁니다. 몸짓 언어도 있지만, 당시 정신착란까지는 아닐지언정 틀림없이 히스테리 상태였을 그 여성의 몸짓을 이해하지 못했다는 이유로 중위에게 사형을 선고할 수는 없다고 봅니다.

국민 그렇죠, 그건 공정하지 않은 일이죠.

트리키 간단히 말해서, 만약 임신이 아직 '드러나지' 않는 단계였다면 캘리 중위가 인구통제의 수단으로서 결코 받아들일 수 없는 일을 행했다고 할 수 **없습니다**. 또한 아직 태어나지 않은 태아의 생명을 포함해서 인간 생명의 신성함에 대한 제 개인적 믿음에 캘리 중위의 행동을 맞추는 것도 가능합니다.

국민 만약 임신이 '드러나는' 단계였다면요?

트리키 그렇다면 훌륭한 법률가로서 품어야 할 의문이 하나 있습니다. 캘리 중위는 그 여성이 임신했다고 믿었는가, 아니면 정신없는 와중에 그 여성이 그냥 뚱뚱한 거라고 잘못된 생각을 했는가? 우리가 지금에 와서 미라이 사건을 되돌아보며 시시콜콜 따져보는 것은 모두 좋은 일입니다만, 지금도 전쟁은 진행 중입니다. 전쟁터에서 군인이 비무장 민간인들을 한자리에 모을 때 그냥 평범하게 뚱뚱한 베트남 여성과 임신 중기나 말기의 여성을 매번 구분할 수 있을 것 같지는 않습니다. 물론 임신한 여성들이 임부복을 입는다면 우리 군인들에게 큰 도움이 되겠죠. 하지만 그들은 그런 옷을 입지 않고, 종일 잠옷을 입고 돌아다니는 것처럼 보입니다. 따라서 임신 여부를 가리는 것은 고사하고 남녀 구분조차 거의 불가능한 지경입니다. 그러니 거기서는 누가 누구인지 불가피한 혼란이 생길 수밖에 없습니다. 이런 종류의 전쟁에서는 이런 불행한 일이 많이 발생하니까요. 학살 때 군인들이 임신한 여성을 구분하기 쉽게 우리가 미국식 임부복을 들고 마을에 진입하려 최선을 다하고 있다고 저는 알고 있습니다. 하지만 아시다시피, 그 사람들에게는 그들만의 방식이 있어서 누가 봐도 그들에게 좋은 일조차 잘 받아들이지 않을 때가 있습니다. 물론 우리 또한 그들에게 강요할 생각이 없고요. 애당초 우리가 베트남에 간 이유가 바로 그것 아닙니까. 그 사람들이 **자기만의** 신념과 관습에 따라 생활방식을 선택할 권리를 누리게 해주는 것.

국민 다시 말해서, 만약 캘리 중위가 그 여성을 단순히 뚱뚱한 사람으로 보고 죽인 거라면 그건 아직 태어나지 않은 태아의 생명을 포함해 인간 생명의 신성함에 대한 대통령님의 신념과 어긋나지 않는다는 말씀이군요.

트리키 그렇습니다. 중위가 그 여성을 단순히 과체중으로 간주했다는 사실이 밝혀진다면, 저는 최고의 확신을 갖고 말할 겁니다. 중위의 항소에 대해 어떤 편견도 갖지 않을 거라고요.

국민 하지만 이렇게 **가정**하면 어떨까요. 중위가 그 여성의 임신 사실을 **알고** 있었다고요.

트리키 음, 이제 문제의 핵심에 이르렀군요, 그렇죠?

국민 그런 것 같습니다.

트리키 그래요, 우리는 '당사자의 의사에 따른 낙태'라는 문제에 이르렀습니다. 물론 저로서는 개인적인 신념과 종교적 믿음에 근거하여 절대 용납할 수 없는 문제입니다.

국민 당사자의 의사에 따른 낙태 말씀입니까?

트리키 만약 그 베트남 여성이 낙태를 하려고 캘리 중위 앞에 나타난 거라면…… 순전히 이 토론을 위해 이렇게 가정해봅시다. 그 여성이 밖에 나가 좋은 시간을 즐기기만 할 뿐 결과는 책임지려 하지 않는 여성이었다고요. 이 나라에도 그 나라에도 그런 사람들은 있습니다. 사회 부적응자, 부랑자, 음탕한 여자, 다수를 망신시키는 소수……
하지만 그 여성이 낙태를 하려고 캘리 중위 앞에 나타나
누군가가 영어로 써준 쪽지 같은 것을 내밀었고, 캘리 중
위는, 예를 들어 그 순간의 열기와 압박감에 휘둘려 낙태
를 시행했는데, 그 과정에서 여성이 죽은 거라면…….

국민 네, 여기까지는 무슨 말씀이신지 알 것 같습니다.

트리키 음, 그렇다면 그 여성도 중위만큼 죄가 있는 것이 아
닌가 하는 생각을 해볼 수밖에 없습니다. 그 여성의 죄가
더 크다고까지 말할 수는 없겠지만요. 그렇다면 이건 사
이공의 법원에서 다뤄야 하는 사건이 아닌가. 우리 아주
툭 터놓고 솔직히 말해봅시다. 애당초 낙태를 시도하지
않는다면, 낙태로 죽을 일도 없습니다. 애당초 낙태라는
곤경에 스스로 발을 들여놓지 않았다면. 이건 누구나 확
실히 알 수 있을 겁니다.

국민 그렇습니다.

트리키 따라서 설사 캘리 중위가 '당사자의 의사에 따른 낙
태'에 참여했다 하더라도, 법률가의 입장에서 엄격하게
말하자면, 정상참작의 여지가 아주 많은 것 같습니다. 전
장이라는 여건에서 수술을 시행하려 했다는 점도 크게
참작할 요소지요. 거기에 미치지 못하는 행동을 하고도
표창을 받은 군의관이나 위생병이 한두 명이 아닐 것 같

습니다.

국민 무엇에 대한 표창입니까?

트리키 용맹함이죠, 당연히.

국민 하지만…… 하지만 대통령님, 만약 그것이 '당사자의 의사에 따른 낙태'가 아니었다면요? 그 여성이 요구하지도 않았는데 캘리 중위가 낙태를 시행한 거라면요? 그 여성이 심지어 낙태를 원한 것도 아니라면요?

트리키 노골적인 인구통제 수단으로서 낙태를 말하는 겁니까?

국민 아뇨, 그보다는 노골적인 살인 쪽을 생각했는데요.

트리키 (생각에 잠긴다) 음, 그건 물론 매우 많은 가정이 필요한 의문이로군요, 그렇죠? 우리 법률가들이 가설에 입각한 사례라고 말하는 것이에요, 그렇죠? 기억하시는지 모르겠습니다만, 애당초 미라이의 그 도랑에 임신한 여성이 있었다는 것부터가 **가설**입니다. 그 도랑에 임신한 여성이 **없었다면**…… 사실 모든 증거를 감안할 때 실제로 없었던 것 같기도 하고요. 그렇다면 지금 우리의 토론은 전적으로 학문적인 것입니다.

국민 그렇습니다. 그렇다면 그 말씀이 맞죠.

트리키 그래도 이 토론이 제게 별로 가치가 없다는 뜻은 아닙니다. 캘리 중위 사건을 재검토할 때 저는 미라이의 그 도랑에 있던 스물두 명 중에 임신한 여성이 한 명 있었다는 증거가 하나라도 있는지 특별히 주의를 기울일 겁니다. 그리고 만약 그런 증거가 있다면…… 중위에게 불리한 그 증거에서 무엇이 됐든 아직 태어나지 않은 태아의 생명을 포함해 인간 생명의 신성함에 대한 저의 개인적인 신념과 어긋나는 부분이 발견된다면, 저는 그 사건에 대한 판단을 내려놓고 부통령에게 전권을 맡길 겁니다.

국민 감사합니다, 대통령님. 이제 우리 모두 밤에 편히 잠을 잘 수 있을 것 같습니다.

2

트리키가
기자회견을
열다

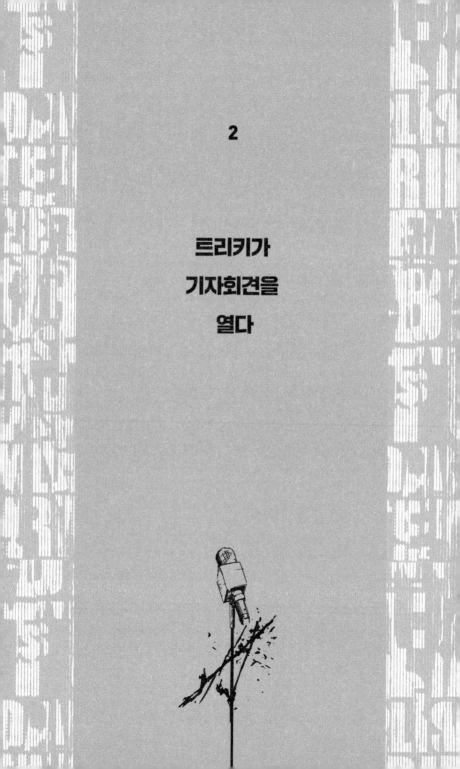

애슬릭Asslick, 알랑방귀를 뀌는 사람을 뜻하는 ass-licker를 변형한 이름 **기자** 4월 3일에 발표하신 샌디멘시아^{dementia, 치매} 성명과 관련해서, 태아의 권리를 확고히 지지한다는 대통령님 자신의 분명한 선언에 논의가 집중되는 것 같습니다. 마틴 루서 킹이 미국 흑인들에게 한 역할, 고^故 로버트 F. 카리스마가 이 나라에서 권리를 다 누리지 못하는 멕시코계와 푸에르토리코계 주민들에게 한 역할을 대통령님이 태아들에게 해줄 운명이라고 믿는 사람이 많은 듯합니다. 대통령님의 샌디멘시아 성명이 역사책에 킹 박사의 유명한 연설인 '나는 꿈이 있습니다'와 나란히 실릴 것이라고 말하는 사람도 있습니다. 이런 비교가 적절하다고 생각하십니까?

트리키 음, 애슬릭 기자, 마틴 루서 킹은 물론 매우 위대한 분이었습니다. 그분은 이미 고인이 되셨으니 우리 모두 그 점을 반드시 인정해야죠. 킹은 평등한 권리를 위한 투쟁에서 동족을 이끈 훌륭한 지도자였습니다. 저는 그가 역사에 한자리를 차지할 것이라고 분명히 믿습니다. 하지만 그가 저와는 달리 미국의 대통령이 아니었다는 점, 저와는 달리 헌법에 의한 권한을 부여받지 못했다는 점을 절대 잊으면 안 됩니다. 이 중요한 차이점을 반드시 마음에 새겨야 합니다. 헌법의 테두리 **안**에서 일하는 저는 킹 박사가 헌법의 테두리 **밖**에서 이미 세상에 태어난 **하나의 종족**을 위해 성취한 것보다 훨씬 더 많은 것을 이 나라 **전체**의 태아들을 위해 성취할 수 있을 거라고 생각합니다. 킹 박사를 비판하려고 하는 말이 아니라, 단순히 사실을 밝히는 겁니다.

물론 저는 킹 박사가 순교자처럼 비극적인 죽음을 맞았다는 사실을 잘 알고 있습니다. 그러니 저의 적들과 태아의 적들에게 먼저 아주 분명히 밝혀야 할 것이 하나 있습니다. 그들이 마틴 루서 킹에게 한 짓, 그들이 로버트 F. 카리스마와 존 F. 카리스마에게 한 짓, 이 모든 위대한 미국인들에게 한 짓 때문에 제가 제 앞의 투쟁에 참여하는 것을 한순간이라도 주저하는 일은 없을 겁니다. 이것만은 분명합니다. 극단주의자나 호전적인 사람들이나 폭력적인 광신도 때문에 제가 위협을 느껴 자궁 속에 살아 있는 생명들에게 정의와 평등을 보장해주려는 노력을 망설이는 일은 없을 겁니다. 그리고 이것보다 더 분명히 해야 할 것이 하나 있습니다. 저는 지금 단순히 태아의 권리만 말하는 것이 아닙니다. 현미경으로나 볼 수 있는 배아의 권리도 말하는 겁니다. '권리를 다 누리지 못하는' 집단, 즉 연방정부 안에 그들을 대변해서 목소리를 내는 사람이 전혀 없는 집단이 이 나라에 하나 있다면, 그건 흑인이나 푸에르토리코인이나 히피 등이 아닙니다. 그들 모두 대변자를 갖고 있으니까요. 하지만 태반에 자리 잡은 그 현미경적인 생명체들은 다릅니다.

텔레비전에는 온갖 시위와 폭력이 등장합니다. 안타깝지만, 뉴스의 소재가 되는 것이 바로 그런 일이기 때문입니다. 하지만 우리의 이 위대한 나라를 통틀어서, 형태와 구조라는 측면에서 가장 복잡하고 힘든 변화를 겪는 태아들이 수백만, 수천만이나 된다는 사실을 아는 사람이 몇 명이나 될까요? 이 태아들은 카메라를 향해 구호를 적은 종이를 흔들어대거나 교통을 방해하거나 페인트를 끼얹거나 상스러운 말을 쓰거나 황당한 옷을 입는 짓을 저지르지 않고노 그런 일을 해냅니다. 네, 질문하세요. 데어링Daring, 대담무쌍함 기자.

데어링 기자 하지만 부통령님이 '골칫거리'라고 명명하신 태
아들은 어쩝니까? 아마도 오 개월 무렵에 발차기를 시작
하는 태아들을 구체적으로 지칭하신 것 같은데요. 그 태
아들이 '불평분자'이고 '배은망덕'하다는 말에 동의하십
니까? 동의하신다면, 그 태아들을 통제하기 위해 어떤
조치를 취할 생각이십니까?

트리키 음, 먼저, 데어링 기자, 지금 질문한 것은 법적으로 아
주 섬세한 구분이 필요한 문제인 것 같습니다. 다행히
(사랑스러운 장난꾸러기 같은 미소로) 제가 법률가라서 그렇
게 섬세한 구분을 할 수 있는 공부를 했습니다. (다시 진
지한 표정으로) 이 문제에는 아주, 아주 조심스럽게 접근
해야 할 것 같습니다. 부통령도 틀림없이 제 말에 동의할
겁니다. 우리는 두 가지 활동을 구분해야 합니다. 자궁
안에서 하는 **발차기**, 부통령이 구체적으로 지칭한 이 활
동과 자궁 안의 **움직임**입니다. 데어링 기자가 텔레비전
에서 무슨 말을 들었는지는 몰라도, 부통령은 자궁에서
활발히 움직이는 **모든** 태아가 골칫거리라고 말하지 않
았습니다. 우리 정부에는 그런 생각을 하는 사람이 하나
도 없습니다. 마침 오늘 제가 멀리셔스^{Malicious, 심술궂은, 악의}
^{적인} 법무장관 및 FBI의 히호^{Heehaw, '헤헤' 하고 바보처럼 웃는 소리}
반장과 이야기를 나눴는데, 우리 모두 오 개월 이후 자궁

28

안에서 일어나는 어느 정도의 움직임은 정상적인 임신에서 불가피할 뿐만 아니라 **바람직**하기까지 하다고 의견을 모았습니다.

그러나 그것 말고 다른 문제에 대해서는, 분명히 말씀드리지만, 폭력적인 오 개월짜리 아이들이 배 속에서 미국 여성들에게 발길질을 해대는 상황을 미국 정부가 가만히 앉아서 두고 보기만 할 생각은 없습니다. 우리 미국의 태아들이 대체로 그 어느 나라의 태아들 못지않게 훌륭하다는 사실은 아무리 강조해도 지나치지 않습니다. 하지만 부통령이 언급한 폭력적인 소수가 문제입니다. 부통령이 그들을 특유의 열렬한 표현으로 '골칫거리'라거나 '불평분자'라고 말한 것이 부당한 것 같지 않습니다. 저는 법무장관에게 그들에 대해 적절한 조치를 취하라는 지시를 내렸습니다.

데어링 기자 어떤 종류의 조치가 될지 여쭤봐도 되겠습니까? 폭력적인 태아들에 대한 체포가 이루어질까요? 만약 그렇다면 정확히 어떤 방식으로 조치가 시행됩니까?

트리키 우리가 세계에서 가장 훌륭한 법 집행 기관들을 갖고 있다고 말해도 무리가 없을 것 같습니다, 데어링 기자. 절차상 어떤 문제가 생기더라도 멀리셔스 법무장관이 해결할 수 있을 것이라고 저는 확신합니다. 리스펙트풀

Respectful, 예의 바르다. 정중하다 기자, 질문하세요.

리스펙트풀 기자 대통령님, 국내외의 심각한 문제들이 항상 대통령님을 압박하는 상황에서, 이전까지 무시되었던 태아의 권리라는 이슈에 관심을 쏟기로 결정한 이유가 무엇인지 말씀해주시겠습니까? 이 주제에 상당한 열의를 갖고 계신 것 같은데요, 이유가 무엇입니까?

트리키 우리 국민들의 삶 중 어떤 부분에서도 불의를 용납할 수 없다는 생각 때문입니다, 리스펙트풀 기자. 우리는 공정한 사회에 살고 있습니다. 부자와 특권층뿐만 아니라, 가장 힘이 없는 사람들에게도 공정한 사회입니다. 요즘 흑인의 힘이니 여성의 힘이니 이런저런 힘을 이야기하는 사람이 많지 않습니까. 그렇다면 태아의 힘은 어떨까요? 비록 세포에 불과하다 해도, 그들 역시 권리를 갖고 있지 않습니까? 저는 그들에게도 권리가 있다고 생각하기 때문에 그 권리를 위해 싸울 겁니다. 슈루드Shrewd, 빈틈없다. 기민하다 기자, 질문하세요.

슈루드 기자 대통령님도 틀림없이 알고 계시겠지만, 대통령님이 이 문제와 관련해서 순전히 정치적 고려에 따라 움직이고 있다는 주장이 있습니다. 이것에 대해 한 말씀 해주시겠습니까?

트리키 음, 슈루드 기자, 그건 1972년에 시행될 선거에 맞춰서 태아에게도 투표권을 주게 될 헌법 수정안을 제안하려는 저의 계획을 그들이 나름의 냉소적인 방식으로 표현한 것 같습니다.

슈루드 기자 실제로 그런 생각을 하고 있는 것 같습니다. 그 사람들은 태아에게까지 투표권이 확대되면, 투표 연령을 열여덟 살로 낮추면서1971년 7월 1일에 채택된 26차 수정헌법으로 미국은 투표 연령을 스무한 살에서 열여덟 살로 낮추었다 민주당이 얻을 수 있는 이점이 무력화될 것이라고 주장합니다. 대통령님이 열여덟 살에서 스무 살에 해당하는 유권자들의 표를 얻지 못하더라도, 남부와 캘리포니아 주, 그리고 전국의 태아들 투표에서 승리를 거둘 수 있다면 재선 성공이 여전히 가능하다는 결론을 대통령님의 전략가들이 이미 내렸다는 겁니다. 대통령님이 태아의 힘에 갑자기 관심을 보이는 것을 이렇게 '정치적'으로 분석한 주장에 맞는 부분이 있습니까?

트리키 슈루드 기자, 그 판단은 기자에게, 그리고 시청자들에게 맡기겠습니다. 지금은 그냥 조금 개인적인 대답을 하지요. 저는 전문가들의 의견을 잘 알고 있습니다. 그들 중에는 제가 존경하는 남자들이 많지요. 그들은 무엇이든 자기가 하고 싶은 말을 할 권리가 있습니다. 물론 그 말이 국익에 부합하기를 바라는 마음은 항상 있지만요……. 하지만 기자를 비롯한 모든 미국 국민에게 일깨워드리고 싶은 사실이 있습니다. 이번 논의에서 이 사실이 계속 간과되고 있는 것 같아서요. 저는 태아의 권리라는 문제에 뒤늦게 관심을 보이고 있는 것이 아닙니다. 모두가 볼 수 있는 기록에 분명히 명시된 사실은, 저 역시 한때 대*캘리포니아 주의 태아였다는 것입니다. 물론 텔레비전 화면이나 여러분이 일하는 신문사의 기사(사랑스러운 장난꾸러기 같은 미소로)에서 제 모습을 보고 그런 사실을 알아내기는 쉽지 않을 겁니다. 하지만 그건 분명한 사실입니다. (다시 진지한 표정으로) 저는 정확히 말해서 퀘이커 교도 태아였습니다.

그리고 한 가지 더 말씀드려야겠습니다. 부통령에 대한 악의적이고 무분별한 공격을 감안할 때 꼭 필요할 것 같아서요. 그, 이름이 뭐더라, 하여튼 부통령 역시 한때 태아였습니다. 그리스계 미국인 태아였죠. 그 사실을 자랑스러워하는 사람이기도 합니다. 바로 오늘 아침에도 부통령은 저와 이런 이야기를 나눴습니다. 자신이 한때 그리스계 미국인 태아였다는 사실과 그것이 자신에게 어떤 의미인지에 대해서요. 그리고 라드^{Lard, 돼지기름} 장관도 태아였고, 코저^{Codger, 괴짜, 구두쇠} 장관도 태아였습니다. 법무 장관도…… 이런, 이렇게 우리 장관들 이름을 죄다 열거

한 뒤 한때 태아였던 훌륭한 사람들을 한 명씩 차례로 계속 언급할 수도 있을 겁니다. 여러분이 아시다시피 저와 다른 의견을 갖고 있는 피클Fickle. 변덕스러운 장관도 저희와 마찬가지로 태아였던 적이 있습니다.

상하원의 공화당 지도부를 살펴보면, 공직에 선출되기 한참 전에 이 나라의 모든 지역에서, 이 나라 동서남북의 농촌에서, 산업도시에서, 소도시에서 한때 태아였던 사람들이 보일 겁니다. 제 아내도 한때는 태아였습니다. 또한 여러분도 기억하다시피, 제 자녀들 역시 한때 태아였습니다.

따라서 딕슨이 오로지 표를 노리고 태아 문제에 관심을 보인다고 말하는 건…… 저는 이것 하나만 부탁하고 싶습니다. 제가 공적으로나 개인적으로 관계를 맺고 있는, 한때 태아였던 이 사람들의 명단을 살펴보고 여러분이 직접 판단해주세요. 솔직히 우리 정부에서 미국의 태아들이 마침내 목소리를 낼 수 있게 되었다는 사실을 이 나라 국민들이 점차 깨닫고 있음을 슈루드 기자도 하루하루 날이 갈수록 알게 될 거라고 저는 봅니다. 차밍 Charming. 매력적인 기자, 방금 눈썹을 치뜨신 것 같은데요.

차밍 기자 제가 드리고 싶은 말씀은 이겁니다, 내동령님. 린 B. 존슨 전 대통령도 백악관에 입성하기 전에는 한때 태아였습니다. 그리고 민주당원이었고요. 이 점에 대해 한 말씀 해주시겠습니까?

트리키 차밍 기자, 먼저 저의 전임자가 한때 태아였다는 사실에 박수를 보내고 싶습니다. 공직에 나서기 전 텍사스에서 틀림없이 아주 탁월한 태아였을 겁니다. 저는 우리 정부가 역사상 처음으로 태아의 권리 문제를 인식했다고 주장하지 않습니다. 우리가 그 문제에 대해 뭔가 조치를 취할 생각이라고 말할 뿐입니다. 프랙티컬Practical, 실용적인 기자, 질문하세요.

프랙티컬 기자 대통령님, 태아에게 투표권을 주는 조치에 수반되는 과학적 문제에 대해 한 말씀 해주시기 바랍니다.

트리키 그래요, 프랙티컬 기자, '과학적'이라는 단어로 정확히 정곡을 찌르는군요. 이건 어마어마한 규모의 과학적인 문제입니다. 이 점은 분명히 알아두어야 합니다. 내일 신문에는 이것이 불가능하다, 실행할 수 없는 일이다, 유토피아적인 꿈이다, 등등의 기사가 반드시 실릴 것입니다. 기억하다시피, 1961년 의회에서 카리스마 대통령이 1960년대가 끝나기 전 우리나라가 사람을 달에 보낼 것이라고 선언했을 때도 많은 사람이 기다렸다는 듯이 나서서 그를 터무니없는 몽상가로 규정했습니다. 그러나 우리는 그 일을 해냈습니다. 미국의 노하우와 미국의 팀

워크로 우리는 해냈습니다. 따라서 저는 우리 과학자들과 기술자들이 태아에게 투표권을 주기 위해 헌신할 것이라고 자신합니다. 우리는 1970년대가 끝나기 전이 아니라, 1972년 11월 이전에 해낼 겁니다.

프랙티컬 기자 이런 긴급계획에 비용이 얼마나 들지 대략적으로 말씀해주실 수 있습니까?

트리키 프랙티컬 기자, 앞으로 열흘 안에 제가 의회에 예산안을 제출할 예정입니다만, 지금 드리고 싶은 말씀은 이겁니다. 희생 없이는 위대한 일을 할 수 없다는 것. 저의 과학 보좌관들이 초안을 잡은 연구개발 프로그램을 '싸게' 실현하는 방법은 없습니다. 이건 다른 것도 아니고 민주주의의 근본적인 원칙인 투표권과 관련된 문제가 아닙니까. 미국 의회의 의원들이 우리나라뿐만 아니라 온 인류의 일보 전진이 될 이런 조치 앞에서 당리당략을 우선하지는 않을 것이라고 믿습니다.

예를 들어, 이 조치가 저개발 국가의 국민들에게 어떤 영향을 미칠지 우리는 상상도 할 수 없습니다. 소련과 중국은 성인들에게도 투표권을 허용하지 않는데, 여기 미국에서는 일반적인 의미의 대화나 청취는 물론이고 심지어 생각마저 불가능한 국민들에게까지 투표권을 확대하기 위해 수십억, 수백억 달러의 세금을 과학 연구에 쏟을 예정이지 않습니까. 이건 정말 비극적인 아이러니입니다. 스스로를 방어할 능력이 없는 사람들이 자유선거를 통해 원하는 정부를 스스로 선택할 수 있는 권리를 누리게 해주기 위해 멀고 먼 나라까지 우리 청년들을 기꺼이 보내 목숨을 걸고 싸우게 하면서, 정작 여기서는 입장을 바꿔 우리나라 인구 중 어느 한 집단이 뉴욕 시가 아니라 태반이나 자궁 안에 살고 있다는 이유만으로 그들의 권리를 계속 인정하지 않는다면 그것이야말로 국가적 혼란과 위선을 보여주는 뚜렷한 징후라고 생각합니다. 캐치미인어콘트러딕션Catch-Me-in-a-Contradiction, '내 모순을 찾아봐'라는 뜻 기자, 질문하세요.

캐치미인어콘트러딕션 기자 대통령님, 오늘까지 대통령님은 젊은이들의 스타일과 생각과 완전히 괴리되어 있지는 않을망정, 그들의 지혜에 대해 확실히 회의적인 태도를 취하는 분으로 그려졌고, 대통령님 본인도 그런 이미지를 싫어하지는 않았습니다. 그 점이 놀랍습니다. 제가 이런 말씀을 드려도 되는지 모르겠습니다만, 단순히 '젊다'고 표현할 수준을 넘어 아직 임신기간 중에 있는 자들의 권리를 주장하고 나서는 것은 급격한 입장전환 아닙니까?

트리키 잘 지적해주셨습니다. 제가 얼마나 유연한 사람인지, 또한 아무리 무력한 소수집단이라 하더라도 폭력이나 상스러운 말이나 페인트 끼얹기 같은 언행 없이 합리적인 주장을 내세우기만 한다면 제가 얼마나 기꺼이 항상 귀를 기울이고 의견을 반영하는지를 오늘 결정적으로 보여주었다고 생각합니다. 미식축구 경기에 빠진 대통령의 주의를 끌기 위해 굳이 백악관 잔디밭에서 야영을 할 필요는 없다는 증거를 찾는다면, 이 작은 생물들의 사례에 바로 그 증거가 있다고 봅니다. 분명히 말씀드리지만, 저는 그 생물들의 조용한 품위와 예의에 진심으로 감탄했습니다. 모든 미국인이 우리 태아들을 저처럼 자랑스러워하게 되기를 바랄 뿐입니다.

패시네이티드^{Fascinated, 매료되다} **기자** 대통령님, 기술적인 측면이 몹시 흥미롭습니다. 태아들이 정확히 어떻게 투표를 하게 될지 힌트라도 살짝 주실 수 있습니까? 특히 일반적인 투표를 할 때 사용하는 팔다리는 말할 것도 없고 아직 신경계도 생기지 않은 배아들의 경우가 흥미롭습니다.

트리키 음, 우선 우리 헌법에는 신체적인 장애가 있다는 이유만으로 국민의 투표권을 부정하는 조항이 전혀 없다는 점을 말씀드리고 싶습니다. 우리가 살고 있는 나라는 그런 곳이 아닙니다. 이 나라에는 훌륭한 장애인이 아주 많아요. 다만 그분들은 시위에 나서는 사람들처럼 '뉴스'를 장식하지 못할 뿐이죠.

패시네이티드 기자 배아들에게 중추신경계가 없다는 이유만으로 그들의 투표권을 부정해야 한다는 뜻은 아니었습니다. 저는 투표와 관련된 환상적인 **역학**을 말한 겁니다. 예를 들면 이런 겁니다. 배아들은 신문을 읽을 수도 없고 텔레비전 뉴스를 볼 수도 없는데 어떻게 다양한 이슈들을 비교하고 가늠해서 후보들을 선택할 수 있을까요?

트리키 제가 보기에는 태아들이 투표권을 주장할 수 있는 가장 강력한 근거를 기자가 방금 말씀하신 것 같습니다. 태아들에게 그토록 오랫동안 투표권을 주지 않은 것이 커다란 범죄인 이유에 대해서도 마찬가지고요. 마침내 우리는 진실을 편향적으로 왜곡해서 미국 국민들에게 제시하는 다양한 언론매체의 보도에 결코 휘둘리지 않을 위대한 유권자 집단을 찾아냈습니다. 리즈너블^Reasonable. 분별있다 기자, 질문하세요.

리즈너블 기자 하지만 태아들이 어떻게 마음을 정하겠습니까? 아니, 마음이 아니라 세포핵이라고 해야 할까요? 선거에 무엇이 걸려 있는지에 대해 그들이 절대적으로 무지할 것이라고 보는 사람들이 있을 것 같습니다.

트리키 무지하겠지요, 리즈너블 기자. 하지만 기자는 물론 지금 텔레비전을 시청하고 계시는 모든 분에게 이걸 묻고 싶습니다. 조금 무지한 것이 **잘못**입니까? 우리는 상스러운 말도 들어보고, 냉소주의도 겪어보고, 마조히스트처럼 자기 가슴을 치면서 강력히 항의하는 사람들도 보았습니다. 어쩌면 이 나라가 다시 위대해지는 데 꼭 필요한 것이 바로 대량의 무지인지도 모릅니다.

리즈너블 기자 더 무지해야 한다고요, 대통령님?

트리키 리즈너블 기자, 한편에는 폭동과 격변과 투쟁과 불만이 있고 다른 한편에는 더 많은 무지가 있을 때 제가 이 둘 중 하나를 택해야 한다면 아마 무지를 택할 겁니다. 하드노즈Hardnose, 콧대가 센 사람, 고집불통 기자, 질문하세요.

하드노즈 기자 이 모든 일이 1972년의 선거 때까지 이루어진다고 가정했을 때, 태아들이 야당인 민주당 후보보다 대통령님에게 표를 줄 것이라고 믿는 근거가 무엇입니까? 월로Wallow, 진창 등에 뒹굴다, 나쁜 일에 빠지다 주지사는 어떨까요? 월로 주지사가 다시 출마한다면, 특히 남부에서 대통령님에게 올 태아들의 표를 상당히 가져갈 거라고 보십니까?

트리키 이렇게 말하면 어떨까요, 하드노즈 기자. 저는 앨라배마 주의 조지 월로 주지사를 누구보다 존경합니다. 미네소타 주의 휴버트 할로Hollow, 속이 텅 빈 상원의원을 존경하는 것과 마찬가지로요. 두 분 모두 유능하고, 각각 대단한 신념으로 극우와 극좌를 대변합니다. 하지만 그렇게 극단적인 주장을 펼치는데도 두 분이 미국에서 가장 소외된 집단인 태아들을 위해 목소리를 높였다는 말은 한 번도 듣지 못했습니다.

따라서 선거가 다가왔을 때, 더 인기 있고 멋진 이슈들을 다뤄온 다른 후보들과 달리 이 나라의 배아들과 태아들을 위해 투쟁한 사람이 누구인지 그들 자신이 잘 기억할 겁니다. 그렇지 않을 거라고 말한다면 솔직하지 못한 거겠죠. 해외에서는 전쟁이 벌어지고 국내에서는 인종위기에 직면한 와중에 이 나라를 태아들이 자랑스럽게 살 수 있는 곳으로 만드는 데 헌신한 사람이 누구인지 그들은 기억할 겁니다.

저는 제가 이 자리에 앉아 있는 동안 그들을 위해 성취한 모든 일이 향후 언젠가 종족이나 신념이나 피부색과 상관없이 **모두**가 태아가 되는 세상에 기여하기만을 바랍니다. 만약 제게 꿈이 있다면 바로 그것인 것 같네요. 감사합니다, 기자 여러분.

애슬릭 기자 감사합니다, 대통령님.

3

트리키에게
또다시 닥친 위기,
작전회의

트리키는 프리시어prissy, 잔소리가 심하다, 까다롭다 대학에서 사 년 동안 미식축구 팀 벤치를 지키며 입었던 유니폼을 입고 있다. 약 사십 년 전 처음 지급받았을 때처럼 지금도 새것이나 다름없다. 밤에 대통령직의 부담 때문에 당혹과 고뇌에 빠져 잠들지 못할 때 그가 침대에서 일어나 백악관의 복도를 조용히 걸어가서 지하의 방탄 로커룸(볼티모어 콜츠1984년까지 볼티모어를 근거지로 뛰었던 미식축구팀와 원자력위원회가 제공한 사양에 맞춰 그의 지시로 지어졌다)으로 들어가 프리시어 대학의 '전통적인 라이벌'에 맞서는 '중요한 시합'을 준비할 때처럼 유니폼을 '차려입는' 일이 잦은데도 옷은 낡지 않았다. 캄보디아 습격과 켄트 주립대학 학살1970년 미국과 남베트남이 캄보디아 동부에 있던 베트콩 기지를 공격하기 위해 국경을 넘었고, 오하이오 주의 켄트 주립대학에서는 이 침공에 반대해 시위하던 학생들에게 주방위군이 발포해 네 명의 사망자와 아홉 명의 부상자가

^{발생했다} 때 그랬듯이 단순히 어깨 가드와 운동화와 헬멧을 착용하고, 가죽 국부보호대 위로 꼭 맞는 유니폼 바지를 입고, 거울을 등지고 서서 커다래진 어깨 너머로 등번호를 한 번 보는 것만으로도 그는 항상 2억 명의 미국 국민을 대표해서 선택한 행동 방향에 대한 믿음을 회복할 수 있다. 사실 도저히 믿을 수 없는 국제적 실수와 국내의 재앙 와중에도 그는 미식축구 유니폼과 훌륭한 전쟁영화 덕분에 《육백 번의 위기》^{닉슨은 대통령이 되기 전인 1962년에 《여섯 번의 위기》라는 제목의 첫 저서를 발표했다}에서 자신이 묘사한 진정한 지도자의 모습처럼 "냉철하고, 자신감 있고, 단호한" 모습을 유지할 수 있었다. 그는 이 책에서 부통령 시절인 1958년 자신의 카라카스 방문을 계기로 일어난 폭동에서 지도력에 대해 무엇을 배웠는지 요약하면서 이렇게 썼다. "그런 상황에서 중요한 것은 위험에 맞서는 '용맹함' 보다는 '이타적으로' 생각할 수 있는 능력이다. 개인적인 안위에 대한 걱정을 모두 몰아내고, 이 위험에 어떻게 맞서야 할지 생각하는 데에만 집중해야 한다."

그러나 오늘 밤에는 전신 거울을 향해 고함처럼 암호를 외쳐 댄 뒤 희미하게 뒤로 물러나 (상대편의 공격을 받으면서도) 다운필드의 리시버를 발견한 척해봐도 개인적인 안위에 대한 걱정을 몰아낼 수 없다. '이타적인' 생각에 대해서도 역시 그동안 별로 발전하지 못했다. 거울 앞에서 꼬박 두 시간 동안 연습하면서 하루에 총 2610야드에 이르는 백 회의 포워드패스 시도 중 여든일곱 번을 완

성했는데도(백악관 신기록이다), 직면한 위험에 맞서는 데에 집중할 수가 없다. 그래서 그는 측근들을 깨워 지하 로커룸으로 불러서, 미식축구 용어로 '스컬 세션Skull Session'이라고 불리는 작전회의를 열기로 했다.

백악관 문 앞에서 각각의 측근들은 백악관 경호원으로부터 유니폼을 한 벌씩 지급받았다. 경호원은 어깨에 총을 찬 것만 빼면 운동복 바지, 운동화, '백악관 비품'이라고 새겨진 티셔츠를 입은 평범한 로커룸 직원으로 위장하고 있다. 이제 커다란 칠판 앞 벤치에 앉은 '코치들'은 헬멧을 손에 든 트리키가 완전히 이타적인 태도를 취하지 못해 애를 먹고 있는 위기를 설명하는 말에 열심히 귀를 기울인다.

트리키 이해를 못 하겠군. 그 젊은 녀석들은 어떻게 나에 대해 그런 말을 할 수 있지? 어떻게 **나**에 대해서 그런 구호를 외치고, 그런 피켓을 흔드느냔 말이오. 모든 보고에서 녀석들은 시시각각 점점 더 퉁명스럽고 무례해지고 있소. 아침이 되면 역사상 가장 터무니없는 격변을 맞게 될지도 몰라. 미국 보이스카우트의 혁명! (마음을 차분히 가라앉히고 자신감과 단호함을 되찾기 위해 헬멧을 쓰며)
그 베트남 불평분자들이 여기 의사당까지 와서 훈상을 반납한 건 그렇다고 칩시다. 그놈들이 팔이나 다리를 잃은 불평꾼에 불과하다는 건 모르는 사람이 없었으니까. 남아도는 시간에 자기연민에 빠져서 절룩거리며 돌아다니는 것 외에는 할 일이 없는 놈들이잖소. 그놈들이 전쟁에 대해 객관적인 태도를 취할 수 없는 것도 당연하지. 놈들 중 절반이 전쟁 때문에 휠체어 신세가 됐으니. 하지만 지금 우리 앞에 있는 건 그냥 은혜를 모르는 오합지졸이 아니오. **보이스카우트**라고!

보이스카우트 단원, 이글스카우트^{21개 이상의 공훈 배지를 받은 최}고의 보이스카우트 단원가 의사당 계단 꼭대기에 올라서서 미국 대통령을 '추잡한 늙은이'라고 부를 때 미국인들이 멀거니 앉아 있기만 할 거라고 생각하면 절대 안 되오. 잘못 생각하면 안 된다고. 내가 그 부엌에서 흐루쇼프를 상대할 때처럼 우리가 이 성난 스카우트 단원들을 냉철하고 자신감 있고 단호하게 상대하지 않는다면, 내일쯤 나는 미국 역사상 최초로 린 B. 존슨보다 더 많은 미움과 경멸을 받는 대통령이 될 거요. 의회의 동의가 없어도 전쟁을 벌일 수 있고, 경제를 망가뜨릴 수도 있고, 권리장전을 짓밟을 수도 있지만, 미국 보이스카우트의 도덕규칙을 어기고도 이 나라 최고위 공직에 재선되기를 바랄 수는 없어!

하지만 내가 샌디멘시아에서 그 연설을 할 때는 모든 것이 아주…… 아주 완벽하게, 내가 이런 말을 해도 될지 모르겠지만, 아주 눈부시게 평범해 보였는데. 오 분이 지나서는 내가 뭘 **승인**했는지조차 잊어버렸다고. 그런데 내 정적들이 나를 권좌에서 쫓아내려고 저렇게 필사적이라니! 단순히 나에 대해서뿐만 아니라 대통령직이라는 존엄한 공직에 대해서조차 저렇게 무례하게 굴면서, 그날 내가 한 말 중에서 정말 전혀 무해하고 아무 의미도 없는 말 몇 마디를 가져다가 이렇게 엄청난 거짓말로 만들어버리다니!

난 정치라는 더러운 게임의 풋내기가 아니오. 나도 지금까지 온갖 종류의 책략과 속임수를 봤어요. 날조, 엉터리 인용, 왜곡, 윤색. 물론 대놓고 진실을 눌러버린 경우도 있지. 인격 살인 기법에 대해서도 내가 문외한은 아니오. 오래전 조지프 맥커태스트러피¹⁹⁵⁰년대에 공산주의자들을 공격해 매카시즘이라는 말의 원조가 된 조지프 매카시 상원의원의 이름에 재앙을 뜻하는 catastrophy를 합성한 것 상원의원이 국무부에 있는 공산주의자의 수에 대해 계속 생각을 바꿨다는 이유만으로 저들이 그를 십자가에 못박아버릴 때 나는 혐오와 경악을 느꼈소. 바로 얼마 전에 저들이 카스웰 판사닉슨이 대법관 후보로 지명했으나, 과거의 백인 우월주의 발언, 반여성적인 행동 등이 문제가 되어 낙마했다에게 한 짓도 봤고, 저들이 헤인스워스 판사닉슨이 카스웰보다 먼

한 짓도 봤지. 지난달만 해도 저들이 라드 장관에게 무엇을 하려고 했는지 보시오. 장관이 상원 외교관계위원회에서 그 가짜 파이프 조각을 들고, 그것이 베트남이 아니라 라오스에서 온 것이라고 말했을 때 말이오. 겨우 8킬로미터 차이일 뿐인데, 저들은 그걸 빌미로 장관의 목을 매달려고 했어!

하지만 이건 인정할 수밖에 없군. 오랫동안 거짓을 상대하면서도 이번에 내 적들이 나에 대해 퍼뜨리려고 하는 거짓말처럼 터무니없고 마키아벨리적인 건 본 적이 없다는 것…… **내가 뭐라고 했다고?** 기록을 한번 살펴봅시다. **난 아무 말도 안 했어! 아무 말도!** 그저 '태아의 권리'를 들고 나왔을 뿐이오. 누가 어이없는 일을 꼽는다면, 바로 이걸 꼽겠지. 새빨간 거짓말! 나는 내 생각을 분명히 밝히다 못해 심지어 이런 단서까지 붙여놓았소. '유엔이 상술한 원칙에 의해서도 인정되는.' **유엔**이라고. 이보다 더한 헛소리가 어디 있어? 미국자동차협회가 상술한 원칙에 의해서도 인정되는'이라고 말했어야 하나? 아예 연설을 처음부터 끝까지 피그라틴어단어 맨 앞의 자음을 맨 뒤로 돌리고,

하면서 웃기는 표정을 지었어야 했나? 아예 광대 의상을 입고 나와서 연설을 할걸! 하지만 나는 그렇게 하지 않았지. 미국 국민들을 얕보기 싫으니까. 살살 봐주면서 말하기 싫으니까. 이 위대한 나라의 국민들이 가장 어이없는 형태의 위선을 알아보지 못하거나 우리가 상상할 수 있는 한 가장 뻔한 모순을 눈치채지 못할 거라고는 생각하기 싫으니까…… 그런데 이것이, **이것이** 내가 미국을 믿은 보상이라니. 미국 보이스카우트가 텔레비전 카메라를 향해 트릭 E. 딕슨이 성행위를 좋아한다고 고함을 질러대고 있소. 간음을 좋아한다고…… **사람들 사이의 간음!**

정치 코치 현재로서는, 물론, 보이스카우트만 그런 소리를 하고 있습니다, 대통령님.

트리키 오늘은 보이스카우트지만(여기서 그는 터져 나오는 울음소리를 간신히 억제하면서 칠판 앞 벤치에 털썩 주저앉는다) 내일은 온 세상일 거요! ……게다가 내 아내는 어떨까? 아내가 무슨 생각을 하겠어? **아내가 그런 말을 믿게 된다면? 내 자식들은? 유권자들은!**

마음 코치 자, 자, 대통령님. 그렇게 화를 내실 만도 합니다. 더구나 훌륭한 가족들과 관련된 부분이 있으니까요. 하지만 솔직히 서는 대통녕님을 텔레비전에서 보는 미국 국민들이 그런 **뻔뻔한 거짓말에 넘어갈 것 같지 않습니**

다. 대통령님을 직접 아는 사람들과 마찬가지일 거예요. 말과 행동, 모든 움직임과 몸짓, 시선, 냉소, 미소만 봐도 그를 겨냥한 중상비방이 거짓말임이 드러나는 사람이 있다면, 바로 대통령님입니다.

트리키 (감동한 기색이 역력한 표정으로) 목사, 그런 칭찬을 해주다니 고맙소. 확실히 나는 이 나라 국민에게 성행위가 도대체 무엇인지 아는 낌새조차 내비치지 않으려고 애썼어요. 게다가 가족들에게도 어떤 상황에서든 육체적 욕망에, 아니 정치적 권력에 대한 욕망을 제외한 모든 종류의 욕망에 감염된 적이 한 번이라도 있는 것처럼 보이면 안된다고 말해두었지. 건방진 소리로 들릴지 몰라도, 내가 텔레비전 화면 속에서 땀을 그렇게 많이 흘리지만 않는다면 미국 국민들은 내 옷 속에 사람의 육체가 들어 있다는 생각을 하기 힘들 거라는 점에 나는 자부심을 느끼고 있소. 물론 다들 알다시피, 겨우 며칠 전 밤에 여기 이 로커룸에서 혼자 고독하게 밤을 지새우며 내가 내린 결정이 있으니 이런 무질서가 금방 교정될 것이오. 월터 리드 _{1901년 황열병 바이러스를 발견한 미국의 세균학자} 병원에 들어가 윗입술의 땀샘을 제거하는 비밀 수술을 받기로 했거든. 인간의 육체와 조금이라도 **닮은** 부분을 내게서 분리하는 데 내가 이렇게 헌신적이오, 여러분.

하지만 **이런** 걸로 나를 비난하다니! 태아의 권리를 위하는 것이 '프리마 파키에^{Prima facie}'라도 되는 것처럼, 이 말은 사실을 확립하는 데, 또는 사실의 추정을 제기하는 데 충분한 증거라는 뜻이오…… 우리 법률가들이 그런 뜻으로 쓰는 표현이라고…… 알다시피 백악관에 들어오기 전에 나는 법률가였으니 이런 표현을 잘 알지……. 태아의 권리를 위하는 것이 나 또한 애당초 태아가 생겨나는 그 절차에 찬성한다는 프리마 파키에라도 되는 것처럼. 무해하기 짝이 없는 그런 발언을 가지고 내가 사람들이 태아를 가질 수 있게, 그 태아가 이러이러한 권리를 가질 수 있게 성행위를 장려한다고 비난하다니! 심지어 그것들은 아직 존재하지도 않는데! 그들이 존재한다 해도 나는 신경 쓰지 않을 텐데! 내가 어떻게 그럴 수 있겠소? 미국 대통령이자 자유세계의 지도자인 나는 일 년 삼백육십오 일 밤낮으로 노예처럼 일하면서 오로지 재선을 위해…… 그러니 상대가 **무엇이든** 그 권리에 대해 걱정할 시간이 어디 있을까? 이 자리가 어떤 자리인지 그놈들이 짐작이나 할까? 모든 게 완전히 터무니없어! 그런데도 그 보이스카우트 녀석들은 제복을 입고 이 나라 수도에서 거리행진을 하며 이런 피켓을 들고 있지.

호색가는 캘리포니아로 돌아가라

거기가 어울린다

음경에 권력을? 절대 안 돼!

억압 — 사랑하거나 그대로 두거나!

마음 코치 (망연자실한 대통령의 팔을 잡으며 엄숙한 표정으로) 대
통령님, 그들을 용서하시지요. 그들은 그 피켓에 적힌 말
의 뜻을 모릅니다.

트리키 아, 목사, 목사, 내 분명히 말하지만, 지금이 평범한
상황이라면 나는 그들을 용서하기 위해 안간힘을 썼을
거요. 나는 불구대천의 원수라도 용서할 수 있는 도량을
지닌 사람이라고 스스로 생각하고 싶어요. 난 앨저 히스
1930년대에 소련을 위해 스파이 활동을 했다는 혐의를 받은 미국 관리. 혐의가 제기
된 1948년에는 스파이 혐의의 공소시효가 만료되었기 때문에 대신 이 혐의와 관련된
위증죄로 기소되어 1950년 유죄판결을 받았다를 용서했소. 게다가 대통
령에 당선된 뒤에는 그가 나를 위해 해준 모든 일에 감사
하는 익명의 전보도 보냈지. 그자는 **위증**이라는 죄를 지
었는데도! 나는 그때 그 부엌에서 흐루쇼프도 곧바로 용
서했을 거요. 그게 정치적으로 유리한 행동이었다면. 지
금 내가 하려는 일도 한번 봐요. 나는 지금 마오쩌둥을
용서하려고 절차를 밟고 있소. 내가 직접 추산하기로도,

6억 명이나 되는 사람들을 노예로 부린 자인데!

하지만 나는 걱정스럽소, 목사. 이 보이스카우트와 관련된 문제에서는 우리가 문명 생활에 아주 기본적인 원칙을 위해 싸우고 있는 것 같아서. 나처럼 도량이 큰 사람도 일어서서 '아니, 이번에는 너희가 너무 나갔어'라고 말해야 할 정도인 것 같아서. 목사, **저들은 내 재선을 막으려 하고 있어요!**

마음 코치 그렇군요…… 그렇군요…… 솔직히 저는 그런 식으로 생각해보지 못했습니다.

트리키 그런 생각을 **해야 한다**는 건 즐거운 일이 아니지. 우리는 누구나 상대의 종족, 신념, 피부색, 나이와 상관없이 인간을 향해 박애와 존중을 보여주고, 우리가 믿는 종교의 교의에 따라 그들을 대접하는 편을 더 선호할 테니. 이 나라에 나만큼 종교에 신실해 보이고 싶어 하는 사람은 확실히 없을 것이오. 하지만 가끔은 말이오, 목사, 사람들 때문에 신실해지기가 불가능해요. 나처럼 그런 태도를 취하면 얻을 것이 아주 많은 사람조차도.

마음 코치 하지만 그런 경우라면, 이 보이스카우트들이 이해할 수 없는 모종의 이유로 대통령님의 주일학교식 도덕에 의심을 던저 대통령님의 정치석 성력을 파괴하려고 나선 것이라면, 대통령님이 직접 텔레비전에 출연해서 그들의 정체를 솔직하게 밝히는 것이 최선의 방법 아닐까요? 1952년 선거 때 불법정치자금을 받았다는 비난이 불거지자 대통령님이 그렇게 하셨잖습니까. 체커스 연설 _{닉슨이 방송에 나와 후원금을 받은 것은 사실이나 개인적으로 받은 것은 아이들이 좋아해서 돌려주지 못한 강아지 체커스뿐이라고 해명한 연설} 말입니다.

트리키 (관심이 동한 표정으로) 그걸 다시 해보라고?

마음 코치 음, 그때와 **완전히** 똑같은 연설은 아니겠지만요.

트리키 안 될 것 뭐 있나? 효과가 있었는데.

마음 코치 맞는 말씀입니다만, 제 생각에는 그 연설이 당면한 문제와 직접 연관이 있나 싶습니다, 대통령님.

트리키 관련이 없을 수도 있지. 하지만 목사, 이렇게 터무니없고 무모한 비난을 상대할 때는, 지금 같은 위기에 휩쓸렸을 때는 이 위기가 하루아침에 눈덩이처럼 불어나 정치적 **재앙**이 될 수 있으니, 때로는 당면한 문제를 나중으로 미뤄두고 우선 효과가 있는 방법을 쓰는 것이 필요해요. 그렇게 하지 않으면 과연 **나중**이라는 것이 있을지 모르겠소.

마음 코치 뭐, 저야 정치인이 아니니까요, 대통령님. '진리가 너희를 자유케 하리라'라는 말을 믿는 것이 어쩌면 대책 없이 순진한 짓일 수 있음을 인정합니다. 하지만 체커스 연설을 다시 하는 대신에, 지난 세월 동안 대통령님이 벌어들인 돈을 정리해서 부모님 등에게 빚진 돈이 얼마인지 말하는 대신에, 그냥 **비슷한** 연설을 하면서 대통령님의 성적인 경험을 국민들에게 밝힌다면, 약속을 기록한 달력을 참고해서 정확히 몇 월 며칠에 어디서 누구와 경험했는지를 밝힌다면, 대통령님이 간음을 옹호하는지 여부에 대해 미국 국민이 직접 판단하게 맡겨두어도 안심할 수 있지 않을까 싶습니다.

트리키 그 말은, 일정이 적힌 수첩을 들고 텔레비전에 출연해서……

마음 코치 그렇습니다. 그 수첩을 한 장, 한 장 넘기다가 어떤 항목이 발견되면 소리 내어 읽는 겁니다. 사이사이의 긴 침묵이야말로 그 방송에서 가장 많은 것을 말해주는 부분이 될 것이라고 생각합니다.

트리키 그럼 아예 차트를 만들면 어때요? 그래프를 그리면? 사람들이 텔레비전 앞에 앉아서 내가 말하기를 밤새 기다릴지 잘 모르겠소. 하지만 내가 성관계를 맺는 데 쓴 시간과 계획 짜기, 음모 꾸미기, 뇌물 주기 등 평범하고 인간적인 활동을 한 시간을 그래프로 대비시킨다면…… 그래요, 그건 상당히 인상적일 수도 있겠군.

내가 지시봉을 사용해도 될 서야! 건방지게 들릴지 모르겠지만, 나는 지시봉과 차트를 이용하는 데 있어서 이 나라의 어떤 교사와도 겨룰 수 있다고 생각해요. 물론 알다시피 나는 법을 공부한 사람이오만…… 그래, 개도 한 마리 빌려야지!

다들 이 계획을 어떻게 생각하시오?

정치 코치 솔직히 말하자면, 대통령님, 진실을 이용하자느니 개를 이용하자느니 하는 소리는 모두 헛다리를 짚는 꼴입니다. 물론 전에 개를 이용한 적은 있죠. 어느 정도 성공도 거뒀습니다. 지금 제가 파일을 갖고 있지 않아 확인할 수는 없지만, 과거에 진실 또한 이렇게 저렇게 사용한 적이 틀림없이 있을 겁니다. 지금 당장은 정확한 시기가 기억나지 않습니다만, 원하신다면 아침에 제 비서에게 자료를 찾아보라고 지시하겠습니다. 어쨌든 지금 제가 보기에는 그 보이스카우트들의 히스테리와 그들에 대한 언론 보도를 감안할 때, 대통령님이 텔레비전에 나가 평생 딱 **한 번만** 성관계를 맺었는데 그것도 해군에 있을 때, 아마도 적도를 지날 때쯤 일종의 통과의례로 했던 것 같고, 그 행위 전체에 육십 초도 걸리지 않았으며, 처음부터 끝까지 몹시 싫었기 때문에 다른 사람들이 대통령님을 찍어 눌러 강제로 시켰다는 등의 말을 한다면 그것만으로도 대통령님에 대한 보이스카우트들의 비난이 옳은 것처럼 보일 것 같습니다.

트리키 (생각에 잠긴다) 물론, 개와 진실 등등을 배제한다면 최선의 방법은 내가 텔레비전에 나가서 모든 주장을 전면 부정하는 것이겠지. 내가 **한 번도** 성관계를 맺지 않았다고 말하는 거요.

정치 코치 (고개를 젓는다) 그 폭도들을 보셨습니까, 대통령님? 놈들은 그 말을 믿지 않을 겁니다. 이미 여기까지 온마당에.

트리키 내가 공중위생국장을 옆에 두고 보건교육후생부에서 발표하면 어떨까? 그리고 공중위생국장이 내가 지금도 과거에도 성교를 수행할 능력이 없다는 검진보고서를 낭독하는 거요.

마음 코치 대통령님, 다시 정치적으로 순진해 보일 위험을 무릅쓰고 말씀드리자면, 대통령님은 두 아이의 아버지이십니다……. 그러니까, 그 사실에 조금이라도 의미가 있다면, 지금 이 맥락에서…….

정치 코치 정치적으로 순진하다니, 천만에요. 말씀을 잘하셨습니다, 목사님.

트리키 그냥 아이들을 입양했다고 하면 되잖소.

정치 코치 아뇨, 아뇨, 그걸로는 문제를 해결할 수 없습니다. 실사 대통령님이 단순한 불임이 아니라 100퍼센트 확실한 불능이라는 주장을 확립할 수 있다 해도, 대통령님을 몹시 닮은 두 자녀분이 입양아라는 주장을 미국 국민들에게 납득시킬 수 있다 해도, 사실 꼭 필요하다면 우리가 이 두 가지를 다 해낼 수 있다고는 생각합니다만, 그래도 **다른** 사람의 성행위로 태어난 아이들을 집으로 데려온 것처럼 보일 터이니 대통령님의 평판에는 여전히 도움이 되지 않을 것 같습니다. 간음 어쩌고 하는 비난에서 빠져나올 수가 없을 테니까요.

법률 코치 물론입니다. 간단히 결론을 내릴 수 있는, 연상에 의한 유죄입니다. 만약 제가 판사라면 대통령님께 엄벌을 내릴 겁니다. 하나 더 이의를 제기하겠습니다. 만약 대통령님이 텔레비전에 나가 불능이라고 말한다면, 대부분은 그 말이 무슨 뜻인지 알아듣지도 못할 겁니다. 사람들 중 절반은 틀림없이 동성애자라는 뜻으로 받아들일 거라고 봅니다.

정치 코치 잠깐만요! **잠깐**만요! 이건 어떻습니까, 대통령님?

트리키 이거라니?

정치 코치 텔레비전에 나가서 대통령님이 동성애자라고 말하는 겁니다. 그렇게 하시겠습니까?

트리키 물론 해야지. 그게 효과가 있을 거라고 당신이 생각한다면.

마음 코치 아, 하지만 그건, 대통령님…….

트리키 목사, 이건 내 **정치생명**이 걸린 문제요! 미안하지만 저 친구는 정치를 **업**으로 삼은 사람이야. 목사가 종교를 업으로 삼았듯이. 만약 저 친구가 이런 상황에서 진실과 개 등을 써봤자 소용이 없다고 말한다면, 나는 그가 전문적인 식견을 바탕으로 한 말이라고 받아들여야 한단 말이오. 위대한 지도자의 특징 중 하나가 자신의 편견과 선입견에 구애되지 않고 다양한 의견에 기꺼이 귀를 기울이는 것 아니오. 다들 잘 알다시피 나는 퀘이커교도이니, 목사처럼 영적인 세계를 다루는 사람의 조언 쪽으로 마음이 기우는 것이 당연한 일이오. 하지만 사실로부터 도망칠 수는 없어요. 목사와 내가 보기에 더 훌륭한 퀘이커교도가 되기 위해서라도. 지금 우리가 상대하는 어린 녀석 무리는 무시무시한 거짓말에 오염되어 있소. 그들의 정신을 깨우면서 동시에 대통령직의 위엄과 신망을 회복하는 방법을 찾아야 해요. 만약 이 두 가지 중요한 임무를 달성하기 위해 내가 텔레비전에 나가 동성애자라고 말해야 한다면 나는 그렇게 하겠소. 옛날에 나는 앨저 히스가 공산주의자라고 용감하게 말했어요. 흐루쇼프를 가리켜 약자를 들볶는 불한당이라는 말도 용감하게 했고. 분명히 말하시만, 시금노 나는 스스로 농성애자라고 용감하게 말할 수 있소!

문제는 내게 이런저런 말을 할 수 있는 용기가 있느냐 하는 점이 아니오. 처음부터 그랬어. 언제나 그렇듯이 문제는 신뢰성이오. 저들이 내 말을 믿을 것인가.

장군, 국방부 사람들이 내 말을 믿겠소? 그들이 아주 훌륭한 시험 케이스가 될 것 같은데.

군사 코치 (생각에 잠긴다) 믿을 수도 있겠습니다. 그럴 수 있어요.

트리키 내가 그렇게 말하면서 눈을 더 많이 깜박거리면 도움이 될까?

군사 코치 아뇨, 대통령님은 이미 충분히 눈을 깜박거리는 것 같습니다. 더 깜박거리면 노인들에게 그리 좋지 않게 보일 수 있습니다.

트리키 그 말을 들어보니 장군은 내가 원피스를 입는 방안을 적극적으로 배제할 것 같군. 아주 단순한 디자인의 기본적인 검은색 원피스 같은 것.

군사 코치 그럴 필요는 없습니다.

트리키 귀걸이는 어떨까?

군사 코치 아뇨, 대통령님 본연의 모습 그대로 좋다고 생각합니다.

트리키 중요한 건, 내가 그냥 여자 같은 남자로 보이고 싶지는 않다는 거요. 저녁 무렵이면 거뭇거뭇 자라는 수염도 있고 하니 내가 정말로 신경을 써야 할 것 같소.

마음 코치 대통령님, 이런 말씀을 드려도 될지 모르겠습니다
만, 나라를 위해 옳은 일을 하겠다는 열정 때문에 사소한
기술적 문제를 간과하신 것 같습니다. 동성애자들도 성
행위를 합니다.

트리키 (기겁하며) 그래요?…… **어떻게?**

(여기서 마음 코치는 가족을 잃은 사람을 위로하듯 트리키의 손
을 잡고 몸을 앞으로 기울여 조심스레 귓속말로 답을 알려준다)

트리키 (몸을 움츠리며) 세상에, 너무 끔찍하잖아! 혐오스러
워! 거짓말하지 마시오!

마음 코치 저도 그게 거짓말이면 좋겠습니다, 대통령님.

트리키 하지만…… 하지만…… (여기서 그는 몸을 앞으로 기울
여 목사에게 귓속말을 한다)

마음 코치 그들이 그런 건 신경 쓰지 않는 것 같습니다, 대통
령님.

트리키 (기가 막힌 표정) 그건 짐승 같잖아! 끔찍해! 여긴 미
국이오! 나는 미국 **대통령**이고! 그리고…… 그리고……
(황망한 표정으로 다른 코치들을 바라본다) 이 나라에서 무슨
일이 벌어지고 있는지 다들 아시오? 목사가 방금 내게
뭐라고 했는지 아시오?

정치 코치 다들 알 겁니다, 대통령님.

트리키 그건 **괴상**하잖아! 으윽! 입술이 근질거려!

정치 코치 물론입니다. 대통령님. 하지만 우리가 직면한 문제와 관련해서 그건 중요하지 않습니다. 중요한 건 동성애자들이 무슨 짓을 하든, 태아를 생산해내는 성적인 활동에는 전혀 참여하지 않는다는 겁니다. 보이스카우트들이 분연히 일어서서 반대하는 건 바로 태아와 관련된 부분이고요. 그러니 만약 대통령님이 텔레비전에 나가서 동성애자라고 말한다면, 대부분의 미국인은 대통령님이 보이스카우트들의 비난에서 벗어났다고 볼 겁니다. 보이스카우트들은 대통령님을 이성애자 활동가로 보니까요. 대통령님은 모든 비난에서 벗어날 수 있습니다.

트리키 그렇군…… 그렇군…… 좋소, 그렇게 합시다! 그래, 위기 때는 **이렇게** 해야지. 단호하게! 내가 내 책에서도 포파파워 장군의 심장 발작을 보면서 배운 것을 이렇게 요약하지 않았소. "단호한 행동은 위기 때 쌓인 긴장을 해소한다. 개인이 오랫동안 단호한 행동을 자제해야 하는 상황이라면, 그것이 가장 피곤한 위기가 될 수 있다." 알겠소? 중요한 건 어떤 결정을 내리는가가 아니야. 결정을 **내린다**는 사실이 중요하지. 결정을 내리지 않으면 그놈의 긴장이 지속되니까. 긴장이 너무 쌓이면 사람이 무너질 수 있소. 나야 미국 대통령으로 있는 동안에는 무너지지 않겠지만. 이 점을 분명히 알아두어야 하오. 내 책을 읽어보면 내가 다른 것 못지않게 무너지지 않는 데에도 내 정치 경력 전부를 바쳤음을 알 수 있을 거요. 그런데 이제 와서 무너질 수는 없지. 냉철하고, 자신감 있고, 단호하게. 그렇게 하겠소. 내가 동성애자라고 말할 거야!

법률 코치 저라면 그렇게 하지 않을 겁니다. 대통령님.

트리키 안 한다고?

법률 코치 네. 제가 미국 대통령이라면 그렇게 안 합니다. 왜 해야 합니까? 체커스 연설 때 대통령님은 부통령 후보였을 뿐이니 사정을 설명하고 사과하면서, 대통령님이 부모님께 빚진 돈이 얼마인지 겸손하게 설명하는 것이 필요했습니다. 집에 개가 있다는 둥 하는 얘기도 필요했고요. 그때라면 텔레비전 카메라 앞에서 네발로 엎드려 대통령님 자신에게 가장 자연스러운 방식으로 스스로를 깎아내리고 비천하게 구는 데에 저도 반대하지 않았을 겁니다. 그건 권력을 잡기 위한 행동이니까요. 하지만 지금은 **이미** 권좌에 계십니다. 이 나라의 대통령이세요. 그럼 거리에서 대통령님을 향해 말도 안 되는 공격을 퍼붓는 서 아이들은 누굽니까? 그냥 거리의 아이들이죠. 그들이 어떤 제복을 입었든 상관없습니다. 어쨌든 각자 집안의 어른은 아니니까요. 그것이 중요한 점입니다.

트리키 그럼 당신의 제안은?

법률 코치 이 나라의 다른 국민들과 마찬가지로 대통령님도 법에 호소할 수 있습니다. 그걸 이용하시라고 말씀드립니다. 그들을 체포해서 감옥에 집어넣고 열쇠를 멀리 던져버리세요.

군사 코치 이의 있습니다! 적을 어화둥둥 떠받들어주는 짓은 이미 할 만큼 했습니다. 단번에 해결해버리시죠. 놈들을 총으로 쏘는 겁니다!

트리키 (생각에 잠긴다) 흥미로운 생각이군. 내 말은, 그게 우리가 취할 수 있는 최고의 단호한 조치인 것 같다는 뜻이오, 그렇지? 하지만 이걸 묻고 싶소, 장군. 녀석들을 체포한 **뒤**에 쏴야 할까, 아니면 그 **전**에 쏴야 할까? 물론 이건 우리가 항상 해결해야 하는 문제지, 그렇지 않소?

군사 코치 체포한 **뒤**라면 이번에도 우리는 언제나 그랬듯이 똑같은 위험을 감수해야 합니다.

법률 코치 하지만 **전**이라도 역시 위험이 따를 거라고 생각하지 않습니까, 장군? **전**이라면 그 인권에 환장하는 놈들이 죽자고 달려들 겁니다. 불을 보듯 뻔해요. 내 분명히 말하지만, 놈들은 관련자 모두에게 아주 골칫덩이입니다. 우리 직원들의 발목을 며칠씩 붙들어놓을 수 있는 놈들이에요.

군사 코치 놈들이 귀찮은 존재인 건 맞습니다. 하지만 **뒤**라면 그 보이스카우트들과 함께 수렁에 빠지게 될 겁니다. 동남아시아에서 우리가 수렁에 빠져 있는 것처럼요. **뒤**라면 모든 공격이 성공하는 데 기본적인 요소인 '허 찌르기'가 희생됩니다. 상식적으로 보면, 아무리 적이라도 놈들이 가만히 서서 총에 맞을 때까지 기다릴 만큼 멍청하지는 않겠죠. 하지만 적이 곧 죽임을 당할 거라고 사전에 충분한 경고를 받는다면, 자신의 목숨을 지키기 위해 모종의 비겁한 행동을 할 겁니다. 사악한 수단을 쓰는 경우도 많죠. 맞서 싸우는 것 말입니다. 물론 저는 그런 교활함을 누구 못지않게 혐오합니다만, 우리는 현실을 직시해야 합니다. 이 사람들은 페어플레이 정신이 조금도 없습니다. 목숨을 잃는 것은 말할 것도 없고, 감옥에 갇힐 위험이 있을 때 가만히 서서 기다리지 않는 놈이 아주 많을 겁니다.

그럼 **도덕적**인 문제는 어떨까요? 저도 제 양심을 생각해야 합니다, 여러분. 지켜야 할 전통도 있고, 돈보다 더 중요한 어떤 것에 대한 책임도 있습니다. 분명히 말씀드리지만, 미국 국민들의 목숨까지 걸어가면서 어화둥둥 적들의 비위를 맞추지는 않을 겁니다. 물론 그런 지시가 내려온다면 얘기가 다르지만. 대통령님, 제 진심을 말씀드리겠습니다. 명령에 따르지 않는다면 저는 미국의 장군으로서 태만한 사람이 될 겁니다. 대통령님께서 취임하신 날, 저희가 대통령님의 허락으로 줄지어 늘어서서 베트남 사람들을 눈에 띄는 대로 모조리 쏴버렸다면, 그렇게 해서 미국인 1만 5000명의 목숨을 구할 수 있었을 겁니다. 하지만 대통령님이 군 통수권자로서 내리신 명령에 따라 여기서 열 명, 저기서 스무 명 하는 식으로 그들을 쏘아 날려버리는 방식을 쓴 탓에, 우리는 인력과 물자의 심각한 손실을 겪었습니다.

대통령님의 전략을 집요하게 추구한 덕분에 지금 저희 눈에 터널 끝의 빛이 조금씩 보이기 시작한 것은 사실입니다. 또한 저는 대통령님이 국민들에게 하신 약속, 즉 대통령님 자신의 비밀스러운 시간표^{1969년 11월. 닉슨 대통령은 전쟁을 조기에 종식하기 위해 베트남에서 모든 미군을 철수시킬 '비밀 시간표'가 있다고 밝혔으나, 실제로 미군이 완전히 철수한 시기는 사 년 후인 1973년이다}에 따라 1972년 선거 날까지 베트남에서 베트남 사람들을 완전히 철수시키겠다는 약속을 지키는 데 도움이 되기를 진심으로 바라고 있습니다.

제가 드리고 싶은 말씀은, 그런 철수를 몇 시간 만에 해낼 수 있는 방법이 우리에게 있다는 겁니다. 베트남에서

했던 실수를 우리 뒷마당에서 되풀이하면 안 된다고 간절히 말씀드립니다, 대통령님.

법률 코치 장군의 전술적 지혜에 대해서는 당연히 제가 뭐라고 말씀을 드릴 수가 없습니다, 대통령님. 또한 분명히 말씀드리지만, 저는 인권에 환장하는 그놈들과 싸우는 것에 대해 단 한 순간도 걱정한 적이 없습니다. 다만 만약 우리가 그 보이스카우트들을 체포해서 감옥에 넣기 **전**에 거리에서 총부터 쏜다면, 이미 말씀드렸듯이 제 직원들이 불필요한 업무를 너무 많이 떠맡게 될 겁니다. 최고의 능력을 지닌 그 젊은 직원들을 그보다 훨씬 더 유용하고 가치 있는 일에 투입할 수도 있을 텐데요.

하지만 전이든 뒤든, 대통령님이 어느 쪽을 선택하시든 저는 열심히 지원하겠습니다. 그러나 대통령님이 텔레비전에 나가 고백을 하거나 사과를 하거나 **어떤 식으로든** 설명을 하신다면, 제가 보기에는, 대통령님의 도덕적 권위와 정치적 권위가 더할 나위 없이 손상되고 법과 질서에 큰 위협이 될 것 같습니다. 만약 대통령님이 이 문제에 대해서, 아니 **어떤** 문제에 대해서든 뒤로 물러나는 것처럼 보인다면, 무정부주의, 사회주의, 공산주의, 복지주의, 패배주의, 평화주의, 나락, 포르노, 성매매, 군중통치, 약물중독, 자유연애, 알코올 의존증, 국기 모독에 문을 열어주는 꼴이 될 것이라고까지 말씀드릴 수 있습니다. 무단횡단만 따져도 상상을 초월할 만큼 증가할 겁니다. 여러분에게 겁을 주려는 것은 아닙니다만, 이 나라에는 우리 지도자가 조금이라도 약한 모습을 보이면 움직이려고 기다리는 범죄자들이 엄청나게 많습니다. 트릭 E. 딕슨이 자신과 국정을 완전히 장악하지 못한 것처럼 보이는 낌새가 조금만 있어도, 그 뒤에는 입에 올리기도 싫은 일이 벌어질 겁니다.

트리키 (중간에 끼어든다) 그래서 내가 땀샘을 제거하는 수술을 받겠다는 거요. 내가 얼마나 굳건한 사람인지 보여주려고.

법률 코치 (하던 말을 이어서) 아시다시피 피가 어느 정도 흐를 수밖에 없습니다. 우리가 그 젊은이들을 죽이자는 계획을 그대로 밀고 나간다면 말이죠. 총을 전에 쏘든 뒤에 쏘든 그건 상관없습니다. 사람을 죽일 때는 항상 피라는 요소와 맞닥뜨리는 것 같습니다. 죽음에 수반되는 현실이니 그냥 감수하며 살아야죠. 목사님, 지금 고개를 젓고 계시네요. 피를 흘리지 않고 사람을 죽이는 것이 가능하다고 생각하시는 겁니까? 이런 젊은이들을 죽일 때도? 그렇다면 그 방법을 말씀해주십시오.

마음 코치 (괴로운 표정) 음…… 가스는 어떨까요…… 독가스…… 뭐, 그런 것? 우리 세기에 피는 이미 충분히 흘렸습니다.

군사 코치 가스의 유일한 문제점은, 목사님, 제가 직접 경험한 일을 바탕으로 말씀드려도 된다면, 가스의 문제점은 이 보이스카우트들이 아쉽게도 넓고 탁 트인 공간에 있지 않다는 겁니다. 예를 들어 놈들을 어딘가의 사막 한가운데에 떨어뜨릴 수 있다면, 가스를 칙 뿌리는 것만으로 끝이죠.

마음 코치 그들을 사막으로 **보낼** 수 있지 않나요?

법률 코치 어떻게요? (신중한 표정으로) 버스에 태워 사막으로 보내자는 겁니까?

마음 코치 네, 뭐, 버스가 괜찮겠네요.

트리키 아니, 그렇지 않을 것 같소, 목사. 나도 이 문제를 곰곰이 생각해보고 이미 결정을 내렸어요. 우리 정부는 아이들을 버스에 태워 워싱턴에서 애리조나 주까지 실어간 다음 독을 뿌리는 짓은 하지 **않을** 거요. 그건 연방정부가 절대 개입할 수 없는 일이야. 여기는 자유국가이니, 우리가 누리는 기본적인 자유에는 우리 자녀가 죽임을 당할 장소를 고르는 자유도 분명히 포함되어 있소.

마음 코치 그럼 **여기**서 그들에게 독을 뿌릴 방법은 전혀 없는 겁니까?

군사 코치 너무 위험합니다, 목사님. 녀석들에게 가스를 뿜기 시작했는데, 그만 어디서 바람이 불어오든가 하면 몇 킬로미터나 떨어진 곳에 있는 완전 무고한 사람들까지 독에 중독될 겁니다.

법률 코치 물론 가스가 아주 멀리까지 퍼진다면, 죄 지은 어른들이 더러 걸리기도 하겠죠.

마음 코치 여러분, 제발! 무고한 성인의 안녕이 조금이라도 위험에 빠질 우려가 있다면 그런 조치에는 절대로 반대합니다. 그 과정에서 걸려드는 죄 지은 어른들이 몇 명이든 상관없어요.

군사 코치 저는 그래도 상관없습니다, 목사님. 어차피 그놈들을 총으로 쏴버리자는 쪽이라. 저는 군인들이 방아쇠를 당긴 뒤 그 결과를 자기 눈으로 직접 보면 자신이 그 일에 참여했다는 느낌과 성취감이 더욱 강력해진다고 옛날부터 주장했습니다.

마음 코치 (법률 코치에게) 그럼 당신은요?

법률 코치 저도 좋습니다. 피가 흐를 거라는 사실, 그리고 언론이 틀림없이 그 일을 철저히 이용하려고 들 거라는 사실을 우리 모두가 미리 알고 있기만 한다면요. 신문과 텔레비전을 좌지우지하는 사람들이 누구인지 감안하면, 그들이 이 사건을 지나치게 부풀릴 것이라는 점을 저는 추호도 의심하지 않습니다. 우리가 독가스나 버스를 동원하지 않은 것이 바로 절제를 발휘한 결과라는 점에 대해서는 한마디도 하지 않겠죠. 우리가 그 녀석들을 버스에 태워 음식도 물도 화장실도 없이 애리조나까지 길고 더운 버스 여행을 시킨 뒤에야 죽일 수도 있었는데 그렇게 하지 않았잖습니까. 우리 모두 알다시피, 여기 있는 목사님만 제외하면 이 정부의 어느 누구도 그런 방안에 찬성하지 않았습니다. 하지만 텔레비전에서 그런 이야기를 할까요? 안 할 겁니다.

트리키 물론이오. **그런** 이야기는 절대 안 할 거야. 별로 **선정적**이지도 않고, **피가 낭자**하지도 않거든. 놈들의 취향에 비해 **폭력적**이지도 않고. 놈들은 항상 우리가 하지 않은 일이 아니라 우리가 **한** 일만 말해요. 그 사람들이 그런 것만 뉴스 가치가 있다고 생각하는 게 안타깝소.

법률 코치 다행히 이 나라 국민들은 아직도 대체로 수동적이고 무관심한 편이라서 언론의 이런 무책임하고 선정적인 보도에 크게 동요하지 않습니다, 대통령님.

트리키 아, 내 말을 오해하지 말아요. 나는 미국 국민들의 훌륭한 무심함에 대한 믿음을 한시도 잊은 적이 없소. 그냥 텔레비전에서 보이스카우트의 피를 조금 보았다고 해서…… **텔레비전에서 보이스카우트의 피를?** (그의 입술이 갑자기 땀으로 흠뻑 젖는다) 저들이 나를 탄핵할 거야! 저들이……!

법률 코치 그렇지 않습니다, 대통령님. 그렇지 않아요. 이건 그냥 또 한 번의 위기일 뿐입니다. 걱정하실 게 전혀 없어요. 자, 자, 냉철하고 자신감 있고 단호하게 하시면 됩니다. 어서 제 말을 따라 하세요. 위기 때 행동하는 법을 아시잖습니까. 냉철하고 자신감 있고 단호하게.

트리키 냉철하고 자신감 있고 단호하게. 냉철하고 자신감 있고 단호하게. 냉철하고 자신감 있고 단호하게. 냉철하고 자신감 있고 단호하게.

법률 코치 기분이 조금 나아지셨습니까? 위기가 끝났나요?

트리키 그런 것 같소.

법률 코치 아셨죠? 보이스카우트에게 겁을 먹으면 안 됩니다, 대통령님. 당연히 그들의 피가 조금 흐를 겁니다. 텔레비전에서 아우성을 칠 수도 있고요. 하지만 피가 흐르기 전에 그들이 들고 있던 피켓에 이런 (서류가방에서 '딕슨은 썹을 좋아한다'고 적힌 피켓을 꺼낸다. '목사가 놀라서 숨을 삼킨다) 말이 적혀 있는 걸 국민들이 본다면, 우리가 걱정할 필요가 없을 겁니다. 신문이 보이스카우트들의 시체 사진을 싣고 싶으면 마음껏 실으라지요. 우리는 이 피켓 사진을 실으면 됩니다. 정부 인쇄국에 아침까지 이걸

5000장 더 찍으라고 제가 말해두었습니다. 이 사진을 싣고 나서 누가 국민들의 지지를 받는지 두고 보지요.

트리키 봐! 이제 땀이 멈췄어!

법률 코치 보셨죠? 방금 또 하나의 위기를 넘기신 겁니다, 대통령님.

트리키 와우! 그럼 육백 하고도 한 번의 위기로군!

　　(사방에서 모두가 축하의 말을 한다, 다만 교양 코치만이 축하의 말 대신 처음으로 입을 열어 발언한다)

교양 코치 여러분, 우리가 오늘 해결하려고 이 자리에 모인 그 문제에 대해 조금 다른 시각을 말씀드려도 되겠습니까? 지금까지 여러분의 의견에 귀를 기울이면서 동시에 저는 저의 머리, 지혜, 학벌, 잔꾀, 기회주의, 권력에 대한 사랑 등등을 모두 동원했습니다. 그 결과가 지금 제 손에 들린 이 명단입니다. 우리가 안전하게…… 제가 잠시 통속적인 표현을 사용하겠습니다…… 죄를 뒤집어씌울 수 있을 것으로 보이는 개인 또는 조직 다섯의 명단입니다.

법률 코치 (처음에는 '교수'를 의심했으나 갑자기 흥미가 인 표정으로) 죄요?

교양 코치 죄.

법률 코치 어떤 죄 말씀입니까?

교양 코치 무엇이든. 폭동 선동. 미성년자들의 도덕을 어지럽힌 죄. 원한다면, 이 나라의 청년들을 타락시킨 죄라고 해도 됩니다.

정치 코치 '청년을 타락시킨 죄'라니. 그걸로 진짜 캠페인을 벌일 수 있겠는데요!

교양 코치 역사적인 공명도 있다고 해도 될 것 같습니다.

마음 코치 '고지식'하게 보일 수도 있지만, 저는 '미성년자들의 도덕을 어지럽힌 죄'가 더 나은 것 같습니다. 그 말이 항상 엄청나게 마음을 울리거든요. 특히 '어지럽히다'라는 말이 사람들의 분노를 부채질하는 것 같습니다.

법률 코치 그럴 수도 있습니다만, 목사님, 제가 보기에는 국민들을 죽도록 겁에 질리게 만드는 데 '폭동 선동'만 한 말은 없는 것 같습니다.

트리키 장군은 어떻소? 또 괴로운 표정을 짓고 있는데.

군사 코치 정말로 또 괴롭습니다! 교수가 입을 열 때마다 괴로워요! 고발을 하자니, 무슨 말입니까? 아, 물론 모두 훌륭한 혐의인 건 맞습니다. 저도 개인적으로 그 혐의들에 전혀 반대하지 않아요. 하지만 제가 기억하기로 우리는 그 망할 놈들을 총으로 쏘는 이야기를 하고 있었습니다.

교양 코치 장군님은 지식인들을 낮게 평가하시지만, 공교롭게도 저는 장군님 같은 군 장교들을 높이 우러러보고 있습니다. 특히 부하들과 나라를 위한 헌신이 존경스러워요. 제가 작성한 목록을 하나라도 제대로 들으셨는지 모르겠습니다. 스스로 미국의 적이라고 인정한 그 다섯의 적을 범죄 혐의로 고발하고 보이스카우트 폭동에 대한 책임을 그들 중 하나에게 고정하면, 보이스카우트 개개인의 죄가 사라지는 동시에 그들이 대통령을 비난했던 말들이 신뢰성을 완전히 잃을 것이라는 주장에 동의하시지 않습니까? 보이스카우트들은 당황해서 뒤로 물러날 것이며······.

군사 코치 하지만 총을 한 방도 쏘지 않았잖습니까!

교양 코치 이 나라가 어디로 가는 것은 아닙니다, 장군님.

트리키 흥미로운 말이로군, 교수. 하지만 왜 다섯 중 하나에게만? 아주 이례적인 일 같은데.

교양 코치 음, 그럴 수도 있지만, 우리가 음모론 쪽으로 간 적이 있나 싶어서요.

트리키 아, 하지만 둘이나 셋을 선택하는 건 항상 아주 즐거운 일이오. 각자 자기 마음에 드는 상대를 고르지. 그러고는 온갖 책략을 동원해 모두의 마음에 드는 음모를 만들어내는 거요.

법률 코치 세가 정의를 위해 한 말씀 드리겠습니다, 대통령님. 선택지가 많을수록 범인을 제대로 잡아낼 가능성이

커집니다. 제 느낌으로는, 혹시 모르는 상황에 대비해서 우리 각자가 최소한 셋은 골라야 할 것 같습니다.

마음 코치 이 주제 역시 내 영역이 아닌 줄은 알지만, 만약 이 것으로 정의가 실현될 가능성이 높아진다면 왜 다섯을 **모두** 선택하면 안 되는 겁니까?

군사 코치 대통령님, 시시각각 제 분노가 점점 커지고 있습니 다. 모든 장비가 갖춰진 이 화려하고 편안한 지하 로커 룸에서 우리가 미식축구 휘장을 모두 장착하고 앉아 정 의에 대해 세세한 토론을 하는 동안, 저 보이스카우트들 은 제 부하들을 상대로 전투에 나설 준비를 착착 진행하 고 있습니다. 교수에게 이곳은 상아탑이 아니라는 사실 을 일깨워줘야 할 때가 됐다고 생각합니다. 상아탑에서 야 이 사람의 권리가 어쩌고, 저 사람의 권리가 어쩌고, 바늘 끝에 올려놓을 수 있는 권리가 몇 개고 하는 이야기 를 얼굴이 파래지도록 떠들어댈 수 있죠. 하지만 지금 저 밖에는 성난 보이스카우트 폭도들이 있고, 개중에는 이 글스카우트도 있습니다. 심지어 그들의 분노는 시시각각 커지고 있어요. 저는 지금 당장 놈들에게 발포해야 한다 고 주장합니다!

트리키 장군은 용감한 군인이고 충성스러운 미국인이오. 하지 만 장군의 말에서 헌법의 기본적인 자유를 다소 무시하는 듯한 기색이 느껴진다는 말을 하지 않을 수 없소. 나는 취임선서 때 그 자유를 지키겠다고 맹세한 사람이오.

군사 코치 대통령님, 저는 헌법을 무엇보다 존중합니다. 그렇지 않았다면 헌법을 지키기 위한 싸움에 평생을 바치지 않았을 겁니다. 하지만 솔직히 말해서 지금 우리는 시한폭탄을 상대하고 있습니다. 지금 당장은 보이스카우트뿐이지만, 아침이 되면 그들 사이에 방종한 브라우니_{7~10세 또는 11세까지의 걸스카우트단원}와 모험을 찾는 컵스카우트_{8~10세 또는 11세까지의 보이스카우트단원}가 끼어들 겁니다. 제가 장담합니다. 제 부하들에게 이글스카우트를 쓰러뜨리라고 말하는 것과, 몸 크기가 절반밖에 안 되는 어린아이를 상대하라고 말하는 건 다른 문제입니다. 그 아이들은 제멋대로 뛰어다닐 거고 게다가 몸도 작습니다. 그러니 지금 같으면 그냥 평범한 거리의 학살이 될 일이, 그 아이들 때문에 집집마다 찾아다니며 싸워야 하는 위험한 일로 바뀔 겁니다. 그런 상황에서는 우리 병사들이 서로를 향해 오인 사격을 하는 바람에 심한 피해를 입을 수밖에 없습니다.

트리키 우리 청년들, 이 말은 물론 우리 병사들을 말하는 거요. 하여튼 이 청년들의 목숨을 나만큼 지켜주고 싶은 사람은 없다는 사실을 상군노 알고 있겠지요. 그래도 나는 다시 강조하겠소. 그들의 목숨을 지키기 위해 헌법을 짓밟을 수는 없어요. 나는 선거기간에 이 나라의 헌법에 관한 한 조항을 엄격히 해석해야 한다는 입장을 취했소. 그런데 이제 와서 장군의 의견을 따라 교수의 목록에 있는 자들에 대해 공개적으로 정직하게 투표하는 걸 막는 조치를 취한다면, 국민들이 내일 당장 나를 이 자리에서 쫓아낸다 해도 할 말이 없을 거요.

한 가지 더 분명히 해둘 것이 있소. 누구도 두 번 다시 나를 쫓아내게 만들지 않겠다는 것. 지금까지 자리에서 쫓겨난 경험이면 충분해요! 난 패배자의 역할을 맡지 않을 것이오. 전쟁에서든, **무슨** 일에서든. 그러기 위해서 우리 군대의 화력을 모두 동원해 미국 내의 브라우니와 컵스카우트 전원에게 집중해야 한다면, 우리는 그렇게 할 것이오. 미국 대통령이자 자유세계의 지도자인 나는 **누구에게도** 굴욕을 당할 입장이 아니기 때문이오. 할 일 없이 미국 군대를 위험한 호별방문 전투로 끌어들이는 초등학교 3, 4학년생들에게 당하는 굴욕은 말할 것도 없지. 우리가 유치원까지 쳐들어가야 한다 해도 나는 개의치 않소. 우리 병사들이 무기로 마구 악용되는 장난감의 꾸준한 공격 속에서 끈과 훌라후프, 풍선껌으로 지은 바리케이드를 부수고 나아가야 한다 해도 상관없어요. 나는 군 통수권자로서 전투를 피해 도망치지 않을 것이오. 내 위신이 걸려 있으니까! 운동장을 공습해야 한다면, 나는 공습 명령을 내릴 것이오! 그들이 야구방망이와 공으로 B-52를 떨어뜨리려고 애쓰는 모습이나 구경합시다! 그들이 작은 세발자전거를 타고 내 헬리콥터들을 피해 달아나는 모습을 구경합시다! 강대한 거인 같은 이 나라, 대통령인 나까지 강대한 거인이 되는 이 나라가 집에서 숙제나 하고 있어야 할 어린 개구쟁이 무리에게 코를 꼬집히는 일은 없을 거요!

(모두 박수)

자, 이제 투표 얘기를 합시다. 내 저서 《육백 번의 위기》를 보면 알 수 있듯이 나는 단호한 사람이므로, 여러분 각자가 미국의 적 다섯 무리 중에 몇을 골라서 고발할 수 있는지 결정하려 하오. 물론 교수가 언급한 세 가지 죄 중에 어떤 것을 사용할지도 결정해야 할 테지만, 아침이 다가오고 있으니 그건 다른 날로 미뤄도 될 것 같소. 그전에 **누가** 죄인인지부터 결정하기로 하지. (사랑스러운 장난꾸러기 같은 미소로) 어쨌든 그게 제일 재미있는 부분이 잖소!

자, (다시 진지한 표정으로) 다음과 같은 순서로 일을 처리합시다. 교수가 복목을 읽는다, 각자 자신이 원하는 대상을 최대 세 무리까지 선택한다…… 아니, 최대 둘……

아니, 셋…… 이런, 입술에서 땀이 나는군…… 이런, 또 위기가 온 것 같아! 둘! 둘! 둘로 해!

정치 코치 잘하고 계십니다, 대통령님. 이겨내셨어요!

트리키 와우! 그럼 이제 육백 번 하고 **두 번**의 위기로군! 우리 딸들한테 아빠가 어떤 일을 해냈는지 말해줘야겠어!

법률 코치 대통령님, 교수님의 목록에서 저희가 후보를 둘밖에 고를 수 없다고 하시니, 만약 저희가 의심스럽다고 생각하는 대상이 둘 더 있다면, 그 둘을 각자 추가해도 되겠습니까?

트리키 음, 내가 먼저 한 가지 물어보겠소. 내게 거래를 청하는 거요?

법률 코치 그렇게 생각하고 싶으시다면, 저는 상관없습니다.

트리키 나는 그편이 좋아. 그렇게 하지 않으면 내가 단호하지 않아서 생각을 바꾼 것처럼 보일 수도 있거든. 하지만 당신이 장차 내게 해줄 어떤 일에 대한 대가라면, 이 자리의 모든 사람이 이해할 것이오.

법률 코치 저도 좋습니다.

트리키 좋아, 그럼 됐군. 교수의 목록에서 둘, 그리고 여러분 각자가 고른 둘.

교양 코치 그럼 제가 목록을 읽겠습니다. 1. 하노이 2. 베리건 형제^{미국의 평화운동가이자 가톨릭 사제} 3. 블랙팬서^{마르크스레닌주의를 따}

르는 미국의 급진적인 흑인운동 단체 **4. 제인 폰다 5. 커트 플러드**1969년 시즌에 트레이드를 거부하면서 스포츠 노동운동 역사의 중요인물이 된 메이저리그 야

구선수

일동 커트 플러드?

교양 코치 커트…… 플러드.

마음 코치 하지만 그 사람은…… **야구선수** 아닙니까?

트리키 야구선수**였지**. 야구선수에 관해 궁금한 것이 있으면 전부 내게 물으시오, 목사. 플러드는 워싱턴 세너터스의 중견수였소. 하지만 어느 날 도망쳤지. 이 나라를 허겁지겁 떠났어요.

교양 코치 그렇습니다, 대통령님. 커트 플러드, 1938년 1월 18일 텍사스 주 휴스턴 출생, 우투우타, 1956년 신시내티 팀에서 메이저리그에 데뷔해 1958년부터 1969년까지 세인트루이스 카디널스에서 뛰었으며, 지금은 워싱턴 세너터스에서 연봉 11만 달러를 받고 있음. 야구 시즌이 시작한 지 한 달도 채 안 된 1971년 4월 27일 뉴욕발 바르셀로나행 팬암기에 탑승했으며, 이처럼 서둘러 출국하는 것에 대해 "개인신상 문제"라는 설명만 남겼음. 플러드는 바르셀로나행 표를 산 것으로 알려졌으나, 리스본에서 내린 것으로 보임. 갈색 가죽 재킷, 나팔바지, 선글라스 차림. 거기서 다른 비행기로 갈아타고 유럽 어딘가

의 최종 목적지로 가려 한 듯…… 여러분, 우리는 이런 의문을 품을 수밖에 없습니다. 워싱턴에서 보이스카우트의 폭동이 일어나기 일주일 전에 워싱턴 야구팀의 커트 플러드 씨는 왜 그토록 황급하고 극적인 방식으로 이 나라를 떠나야 했을까요?

트리키 아, 그건 내가 대답할 수 있을 것 같소, 교수. 스포츠에 대해 워낙 속속들이 알고 있으니까. 플러드는 가엾게도 슬럼프에 빠졌소. 그것도 아주 심하게. 올 시즌이 시작되고 스무 번째 타석까지 플러드는 안타를 딱 세 개밖에 치지 못했소. 그나마 그중 둘은 번트였어요. 그래서 윌리엄스가 그를 그냥 벤치에 앉혀두었지. 상대 팀 선발 투수가 오른손잡이일 때 플러드는 여섯 번 연달아 선발 명단에서 빠졌어요. 지금 내가 이 나라에서 선출직 공직자 중 가장 높은 자리에 앉아 있기는 해도, 테드 윌리엄스가 어떤 타자를 벤치에 앉혀두는 것에 대해 이러쿵저러쿵 말할 생각은 없소. 절대로. 하지만 플러드처럼 연봉 10만 달러를 받는 스타선수에게 벤치 신세가 어떤 영향을 미쳤는지는 여러분도 잘 상상할 수 있을 거요.

교양 코치 죄송합니다만, 대통령님, 야구에 대해 저보다 훨씬 뛰어난 지식을 갖고 계시다 해도, 그 '슬럼프'라는 것이 이 나라를 서둘러 떠나겠다는 야구선수의 계획을 제대로

'엄폐'해주는 딱 맞는 알리바이가 아니었을까요?

법률 코치 제가 제대로 이해했는지 모르겠습니다만, 교수님, 세너터스의 테드 윌리엄스 감독도 이 일에 연루되었을 거라는 말씀입니까? 플러드를 벤치에 앉힌 것도 전체적인 계획의 일환이었다?

정치 코치 잠깐, 잠깐. 여기서 더 나아가기 전에 제가 하고 싶은 말이 있습니다. 테드 윌리엄스 정도 되는 야구계 인물에 대해 이야기하는 건 살얼음판 위에서 스케이트를 타는 것과 같아요. 그는 당대의 많은 스포츠기자에게 멸시당했지만, 따라서 우리가 원한다면 그 기자들에게 틀림없이 도움을 청할 수도 있겠지만, 제 육감으로는 명예의 전당에 올라간 인물들에게는 일절 손을 대지 않는 방침을 고수하는 것이 우리 정부에 가장 좋을 것 같습니다.

트리키 게다가 윌리엄스는 **그저 그런** 명예의 전당 인물이 아니지! 여러분 중에 테드 윌리엄스의 기록을 아는 사람이 몇 명이나 되는지 모르겠소. 그건 모든 미국인이 마땅히 자랑스러워해야 하는 기록이니, 지금 여러분에게도 알려주고 싶소. 잘 들어보고 각자 생각을 말해봐요. 통산 타율 3할 4푼 4리. 이건 야구 역사상 **5위**의 기록이오. 통산 상타율 6할 3푼 4리. **이건** 다른 누구노 아닌 베이브 루스 바로 다음의 2위 기록이오! 2루타는 525개로 14위,

홈런은 521개로 5위, 장타는 1117개로 7위, 그리고 무엇보다 중요한 타점, 타점에 대해서는 아무리 말해도 지나치지 않소. 전 국민의 여가에 타점이 얼마나 중요한지에 대해서도 역시, 어쨌든 타점 역시 1839점으로 7위. 이게 전부가 아니오. 1941년에는 타율이 무려, 잘 들어봐요, 무려 **4할 6리**로 리그 1위였소! 1942년에도 3할 5푼 6리로 1위, 1947년에는 3할 4푼 3리로 1위, 1948년에는 3할 6푼 9리로 1위. (갑자기 분개하며) 그런데도 사람들은 잭 카리스마의 기억력을 칭찬했어! 카리스마가 이슈들을 잘 이해하고 있다고 말했다고! 그놈들이 딕슨을 깎아내리면서 얼마나 좋아했는지! 내가 그 선거 때 위기를 겪은 것도 무리가 아니지! 놈들이 항상 나를 물어뜯었으니까! 내 수염! 내 코! 내 전술! 내 그 '전술'이라는 것에 대해 한마디 할까? 내가 방금 인용한 기록 중에 100분의 1 퍼센트포인트라도 잘못 말한 숫자가 있다면 내일 의회에 사직서를 제출할 것이오. 이건 미국 역사상 전례가 없는 행동이지만, 그래도 난 할 거야. 이렇게 중요한 문제에 대해 내가 미국 국민을 상대로 감히 당파정치를 하려고 했다면 말이오.

(모두 박수)

정치 코치 대통령님, 이렇게 인상적인 사실 인용은 본 적이 없습니다. 윌리엄스 같은 강타자를 연방 법정에 세우려 하는 것은 전적으로 무모한 짓이라는 확신이 더욱 굳어졌습니다.

트리키 좋은 생각이오. 훌륭하고 예리한 정치적 사고야. 물론 플러드의 경우에는 상황이 아주 다르지. 그가 1961, 1963, 1964, 1965, 1967, 1968년에 카디널스에서 3할 이상을 친 것은 사실이지만, 타율이나 홈런에서 윌리엄스처럼 리그 1위를 차지한 적은 없어요. 장타율도 윌리엄스가 활동 말기에 기록한 장타율의 거의 **절반**밖에 안 되고.

물론 1964년에 플러드가 내셔널리그에서 안타 211개로 1위를 기록하기는 했소. 어느 정도 공감을 불러일으킬 수 있는 기록이지. 하지만 여기서 한 가지 분명히 해둘 것이 있소. 플러드는 그 부문에서 역사를 통틀어 최고기록을 갖고 있는 조지 시슬러의 근처에도 가지 못하는 선수요. 시슬러는 1920년에 안타 257개를 쳤으니까. 하지만 사실은 사실이니 우리는 받아들이는 수밖에 없소. 그 211개의 안타가 문제가 될 수 있어요.

교양 코치 대통령님, 평범한 상황이라면 저 역시 대통령님이 현명하게 일깨워주신 것처럼 안타 211개로 내셔널리그 1위를 차지한 선수에게 우리가 생각해낼 강력한 혐의 중 하나를 적용해서 고발하는 일에 경계심을 드러냈을 겁니다. 하지만 커트 플러드는 최근의 흔한 스타 타자와는 다릅니다. 명물허전의 말썽꾼이라서, 제가 목록에 이름을 올리기도 전에 이미 뜨거운 물에 목까지 잠겨 있는 상태였습니다. 그래서 제가 목록에 그의 이름을 넣은 겁니다. 10만 달러짜리 계약을 무시하고 시즌이 시작된 지 겨우 한 달 만에 이 나라에서 도망쳤을 뿐만 아니라, 1970년에 세인트루이스 카디널스에서 필라델피아 필리스로 트레이드되는 것을 거부하기까지 했으니까요. 공개된 시장에서 자신의 계약조건을 협상할 기본 권리를 무시한 트레이드라는 것이 그의 주장이었습니다. 그 뒤 그는 다른 사람도 아닌 린 B. 존슨이 대법관으로 지명한 사람을 자신의 변호인으로 선임⋯⋯.

정치 코치 (희망에 차서) 에이브 포타스!

교양 코치 아뇨, 아뇨, 하지만 거의 비슷합니다. 아서 골드버그니까요. 골-드-버-그. 두 사람은 헌법을 근거로 소송을 제기하면서, 야구조직이 반독점법 위반이며, 구단주가 선수의 허락 없이 이 팀 저 팀으로 선수를 트레이드하는 것은 그들을 소유물로 취급하는 행동이니 불법인 동시에 부도덕하다고 주장했습니다.

야구라는 신성한 이름을 이런 식으로 공격하는 행동이

메이저리그 커미셔너를 비롯한 선하고 충성스러운 많은 미국인에게는 좋게 받아들여지지 않았죠. 전국의 팬은 물론 많은 스포츠기자와 동료 선수의 눈에도 플러드와 그의 대변인인 골드버그는 수많은 사람이 사랑하는 야구를 파괴하려고 나선 것처럼 보였습니다. 플러드는 이 주제에 대해 쓴 책에서 심지어 자신이 대화 중에 한 말을 인용하기까지 했어요. "누군가가 체제에 맞서 일어설 필요가 있다. 나는 각오가 되었다." 여러분, 이건 선언문 여기저기에 흩뿌려진, 그의 범죄를 입증하는 발언 중 **하나**에 불과합니다. 그런데 지금까지 한 말과 행동, 여기에는 무엇보다 미국적인 스포츠를 공격하는 일에 자신의 대변자로 골드버그 씨를 선임한 것도 포함됩니다. 이런 언행만으로도 부족한지, 플러드는 흑인이기까지 합니다.

법률 코치 지금 플러드가 어디 있습니까? 알제리? 알제리에 있다면, 우리한테는 일이 수월할 텐데요.

교양 코치 지금 알제리에 없습니다만, 만약 그가 알제리로 도망쳤다면 거기 사람들이 벌써 베레모를 쓰고 타석에 선 그의 모습을 포스터로 만들어 팔고 있을 겁니다. '플러드를 자유롭게' 하기 위한 광고도 매일 〈뉴욕타임스〉에 실리겠죠. 영화배우들과 장 폴 사르트르의 서명이 거기 있을 테고요. 피켓을 든 가두시위도 벌어지고, 백악관 잔디밭에 짐수레를 몰고 와서 야영하는 사람들도 있을 겁니다.

트리키 아, 짐수레! 가두시위! 그런 건 정말 **참을** 수가 없소. 그런 방식은 실패가 없지. 워싱턴에서 가두시위가 시작되면, 여길 떠나야 하는 사람은 바로 나니까. 이게 말이 된다고 생각하시오? **난** 대통령이야. 여기가 내 **집**이고. 그런데도 전국에서 시위대가 쏟아져 들어오기 시작하면 가방을 챙겨서 헬리콥터에 올라 떠나야 하는 사람은 **나라고!** 솔직히 여기 이렇게 크고 아름다운 집이 있는데, 나는 인생의 절반을 여행가방을 들고 다니며 보내고 있소. 대통령이 사실상 오 분 대기조처럼 연락이 오자마자 필요한 걸 전부 서류가방에 넣으려고 애쓰는 기분을 상상할 수 있소? 창밖에서는 프로펠러가 돌아가고, 모두 "빨리, 빨리요. 얼른 여기서 나갑시다. 저들이 흥분해서 우리 문 앞으로 대표단을 보내기 전에!"라고 외쳐대지. 아, 정말 끔찍한 일이오. 한번은 내가 미식축구 유니폼을 깜박 잊고 가방에 싸지 않았고, 또 한번은 스파이크 운동화를 깜박했고, 또 한번은 아예 공을 깜박 잊었소. 그래서 그 주말이 아주 통째로 **망가졌어요.** 그런데 저 시위꾼들은 전혀 신경도 안 쓰지!

교양 코치 음, 이번에는 대통령님이 이곳을 떠나실 필요가 없을 겁니다. 그 도망자가 알제리로 도망쳐 망명 중인 혁명

지도자 같은 인물로 자리를 굳히려고 하는 게 아니니까요. 자기 동족들과 살겠다고 아프리카로 도망친 것도 아니고 요. 그자가 추종자를 모으고 싶었다면 아마 그렇게 했을 겁니다. 이 나라에 커트 플러드 씨처럼 젊고 잘생긴 근육질의 흑인 남성에게 공감할 사람은 많지 않을 겁니다. 플러드는 모든 징후를 감안할 때 코펜하겐에 정착하기로 한 것 같아요. 여러분, 이보다 더 좋은 일은 없습니다.

마음 코치 설마!

교양 코치 맞습니다, 목사님, 코펜하겐이에요. 세상의 더러운 잡상인들이 밤낮으로 이곳을 향해 무릎을 꿇고 기도하는 메카와 같은 곳이죠. 세계의 포르노 수도예요.

정치 코치 와우! (잔뜩 흥분해서) 게다가 덴마크에 플러드 씨를 타락시킬 요소가 그것만 있는 것도 아니죠, 그렇지 않습니까?

교양 코치 아주 빠르군요, 젊은 친구가…… 바로 타인종과의 결합입니다. 우리가 바로 그걸 꺼내놓을 필요는 없습니다. 그가 외설물 중독자로 알려져 있다는 말을 우리가 노골적으로 말할 생각이 없는 것처럼 말입니다.

마음 코치 그래요, 절대 그런 말을 하면 안 됩니다. 야구 스타와 관련된 문제에서는 아직 영향받기 쉬운 나이의 아이들, 여덟 살, 아홉 살, 열 살짜리 사내아이들과 맞닥뜨리는 것을 피할 수가 없습니다. 만약 그 아이들이 이런 말을 듣는다면……

정치 코치 저도 동의합니다, 목사님. 아직까지는 '은근한 암시'를 이용하는 편이 더 나을 겁니다.

법률 코치 저도 좋습니다. 대통령님은 어떠십니까? 해내실 수 있겠습니까? 똑바로 그 얘기를 꺼내지 않고 여기서 암시 한 번, 저기서 비난 한 번, 이런 식으로요.

트리키 이 나라의 훌륭한 리틀리그 선수들에 대한 목사의 격정을 줄여주기 위해서라면, 난 얼마든지 시도해볼 생각이 있소.

마음 코치 감사합니다, 대통령님. 감사합니다, 여러분.

트리키 자, 목사, 신문에 따르면 내가 갖고 있지 않다는 자제력, 균형감각과 중용을 내가 이렇게 발휘하고 있소. 그 흑인 남자는 미국인들이 상상할 수 있는 가장 사악한 행동을 하고 있소. 그것도 전세계에서 가장 하얀 덴마크 여자들과. 하지만 그걸 그대로 들고 나와 우리 리틀리그 선수들을 몹시 위험하고 유혹적인 일에 노출시키기보다, 우리는 암시와 비꼬는 말로 그의 이름을 더럽힐 것이오.

마음 코치 정말 큰 신세를 졌습니다, 대통령님.

정치 코치 그건 말할 필요도 없는 일이라고 생각했는데요, 목사님.

교양 코치 좋습니다, 여러분. 이제 제 목록을 다시 한번 읽겠습니다. 여러분이 어디에 표를 던질지 마음을 정할 수 있게. 1. 하노이 2. 베리건 형제⋯⋯.

정치 코치 제가 잠깐 끼어들어도 되겠습니까? 베리건 형제의 무고함에 대해 잠시 말씀드리고 싶습니다.

법률 코치 (벌컥 화를 내며) **베리건 형제**의 **무고함**이라고요?

정치 코치 (뒤로 물러나며) 이번 혐의에 대한 것입니다! 이번 혐의!

법률 코치 하지만 이번 혐의의 정확한 **성격**을 아직 결정하지도 않았잖습니까. 그런데 어떻게 그들이 무고할 수 있어요? 증거는 어디 있습니까? 근거가 있어요?

정치 코치 음, 하나도 없습니다.

법률 코치 그렇다면, 젊은 친구, 증거가 생길 때까지 누군가에 대해 무고하다는 말을 하면 안 될 것 같습니다!

정치 코치 그건 **인정**합니다만⋯⋯ 제가 걱정하는 건 이겁니다. 우리가 그 신부들에게 또 범죄 혐의를 씌우려 한다면, 그들에 대한 동정 여론이 생길 겁니다. 보통 암살 시도 이후에나 생기는 반응이죠. 지금 이 순간 필 베리건 신부와 댄 베리건 신부에 대한 할리우드 영화가 막 기획 단계에 들어갔다는 말씀을 꼭 드려야겠습니다. 빙 크로스비와 또 한 명의 배우, 아직 누구라고 지명되지는 않

았지만 위대한 고故 배리 피츠제럴드1888~1961, 왜소하고 희극적
인 외모의 영화배우와 비슷하게 분장할 그 배우가 두 사람의 역
할을 맡을 겁니다. 할리우드 제작자들은 말입니다, 여러
분, 어떤 옷을 입고 어떤 머리 모양을 하든 절대 히피나
광적인 좌파가 아닙니다. 아랫부분이 넓게 퍼지는 구레
나룻을 길러서 반체제처럼 보이지만, 그 속에는 시장에
내놓을 제품과 뜯어먹을 관객을 생각하는 현실적인 사업
가가 들어 있습니다. 새로 생겨나는 트렌드를 아주 일찌
감치 알아차리는 능력도 있죠. 제 정보원들에 따르면, 지
금 기획 중인 영화는 대형 미식축구 경기에서 7000만 명
의 팬들이 텔레비전으로 지켜보는 가운데 육군 팀이 노
트르담 팀을 물리치자 웨스트포인트를 폭파시키려 하는
두 신부의 이야기를 호의적으로 그린 작품이라고 합니
다. 수녀들도 나오고 노래도 나올 겁니다. 이런 영화가
이놈의 나라 전체를 하루아침에 공산주의로 물들일지 누
가 알겠습니까.

군사 코치 미국 땅에 빨갱이가 2억 명이나 생긴다고요? 내게
　　권한이 있는 한 그럴 일은 없소.

정치 코치 말이야 쉽죠, 장군님. 미국인 2억 명을 쏘실 생각
　　입니까? 미국인 1억 명만 쏘아도 민주당이 1972년 선거
　　에서 정치적으로 이용하기에 딱 좋은 이슈를 던져주는

꼴이 될 겁니다.

군사 코치 이 나라의 정치 수준이 너무 떨어졌어! 만약 군대가 이 판의 칼자루를 쥐었다면…….

정치 코치 압니다, 압니다. 하지만 하루아침에 유토피아를 만들 수는 없습니다, 장군님. 그래서 베리건 형제에게 표를 던지면 안 된다고 여러분 모두에게 말씀드리고 싶습니다. 그 두 사람이 아주 유혹적이라는 건 압니다. 그 사람들을 추적하느라고 우리가 겪은 일을 생각하면 더욱 그렇죠. 하지만 이번에도 우리가 특유의 자제력과 중용을 발휘해야 할 것 같습니다. 사제복을 입은 빙 크로스비가 수녀복을 입은 데비 레이놀즈를 향해 세상을 포-포-포-폭파시키는 내용의 감상적인 노래를 부르는 장면이 나오면 안 되지 않습니까. 심지어 레닌조차도 미국 노동계급을 폭탄을 투척하는 혁명가로 개종시키기 위해 그보다 더 확실한 방법을 생각해내지 못했을 겁니다.

교양 코치 독창적인 분석입니다. 그래도 나는 당신이 할리우드의 의도를 잘못 읽었다고 봅니다. 만약 베리건 형제가 전기의자에 앉게 된다면, 할리우드는 틀림없이 대규모 뮤지컬 제작에 즉시 착수할 겁니다. 〈나의 길을 가련다〉 젊은 신부가 빈민가 성당에 부임해 어려운 일을 해결해가는 내용의 1944년 영화로, 빙 크로스비와 베리 피츠제럴드가 출연했다와 비슷한 작품으로요. 그러니 그들을 죽이면 안 됩니다. 대신 그들을 감옥에 가둬두면, 대중과 영화계 거물들이 그들의 존재를 얼마나 빨리 잊어버리는지 깜짝 놀라게 될 겁니다.

법률 코치 맞습니다. 놈들을 산 채로 묻어버리세요. 그게 항상 더 낫습니다.

마음 코치 그리고 더 자비롭기도 하지요. 아시다시피, 그건 사형이 아니니까요.

교양 코치 그럼 다음으로 넘어가지요. 2번은 베리건 형제입니다.

마음 코치 1번이 뭐였죠? 하버드?

교양 코치 하노이.

마음 코치 아, 그렇죠. H로 시작하는 말이라는 건 알았는데.

군사 코치 (화를 내며) 그럼 'H'로 시작하는 **다른** 이름은 어떻습니까? 하이퐁^{베트남의 항구도시}은 어쩔 거예요! 하이퐁 없이 어떻게 하노이가 있습니까? 그건 마쭈 섬이 없는 진먼다오^{둘 다 대만의 섬}와 같아요!

트리키 진먼다오와 마쭈! 그 이름을 들으니 기억이 나는군! 진먼다오와 마쭈! ……그 두 섬이 어떻게 됐지?

정치 코치 아, 아직도 그 자리에 있습니다, 대통령님. 언젠가 우리에게 필요해질지도 모르죠.

트리키 음, 훌륭하군. 그 둘이 정확히…… 어디 있다고? 아

냐, 잠깐, 내가 맞혀보겠소. 내가 기억하고 있는지 한번

봐야지…… 인도네시아!

정치 코치 아닙니다.

트리키 아까운 답이었나? 필리핀! 아니야? ……하와이 근

처……? 아니야? 아, 포기하겠소.

정치 코치 대만해협에 있습니다, 대통령님. 대만과 중국 본토

사이예요.

트리키 말도 안 돼. 이봐요, 그 이름 모를 사람은 어떻게 됐

지? 중국인 말이오.

정치 코치 어떤 중국인 말씀입니까, 대통령님. 중국인은 6억

명입니다.

트리키 알아요. 노예도 있고 그렇지. 하지만 내가 생각하는

건, 그 왜, 부인이 있던 그 남자. 아이고, 그쪽 사람들이

잘 쓰는 이름인데…….

교양 코치 장제스입니다, 대통령님.

트리키 그거야, 교수! 스. 자그마한 스. 안경을 썼지. (다정한

표정으로) 딕슨 영감이…… (키득거린다) 음! 추억 더듬기

는 이만합시다. 미안하오, 여러분. 무슨 이야기를 하던

중이었지? 지금까지 모스크바와 베리건 형제를 말한 것

같은네.

교양 코치 하노이와 베리건 형제입니다, 대통령님.

트리키 맞아! 진먼다오와 마쭈 섬 이야기 때문에 헷갈렸군. 내 머리가 아직도 1950년대를 생각하고 있었거든. 날 보시오. 내 입술에 온통 소름이 돋았어.

교양 코치 다음으로 넘어가겠습니다. 3번 블랙팬서. 여기에는 이론의 여지가 없습니다. 좋군요. 4번 제인 폰다. 영화배우 겸 반전反戰운동가입니다. 5번 커트 플러드, 야구선수. 표결하기 전에 질문 있습니까? 목사님?

마음 코치 제인 폰다 말인데, 영화에 누드로 나온 적이 있습니까?

교양 코치 솔직히 영화에서 그녀의 외음부를 본 기억이 있다고는 말할 수 없습니다만, 목사님, 그녀의 젖가슴에 대해서는 단언할 수 있을 것 같습니다.

마음 코치 유륜도 보였습니까?

교양 코치 그랬던 것 같습니다.

마음 코치 그럼 엉덩이는?

교양 코치 네, 엉덩이도 본 것 같습니다. 사실 엉덩이가 그녀의 매력에서 큰 부분을 차지하지요.

마음 코치 감사합니다.

교양 코치 또 질문 있습니까?

정치 코치 음, 블랙팬서 말씀인데, 블랙팬서가 **그 보이스카우트들의 배후**라는 말을 미국 국민들이 정말로 믿을까요?

그러려면 정말 상당한 상상력이 필요할 텐데요.

트리키 이의를 제기하겠소. 표결에 영향을 미치고 싶지는 않지만, 이 말만은 꼭 해야겠어요. 미국 국민들의 상상력을 과소평가하지 맙시다. 요즘은 시대에 뒤떨어진 구식 애국심에서 나온 말처럼 들릴지 몰라도, 나는 우리 국민들의 상상력을 누구보다 높이 평가하고 있소. 옛날부터 항상 그랬어요. 사실 나는 미국 국민에게 무엇이든 믿게 만들 수 있다고 보고 있소. 이 사람들도 다른 사람들과 마찬가지로 자기 나름의 환상과 두려움과 미신을 갖고 있거든. 그런데 그냥 현실적인 문제만 이야기하면서, 다른 문제들은 상상 속에 존재한다는 이유만으로 아예 존재하지 않는 것처럼 굴어서는 국민들에게 무엇도 믿게 만들 수 없소.

교양 코치 진심으로 동의합니다, 대통령님. 이제 표결에 들어가도 될까요?

트리키 물론이오…… 여러분, 이건 당연히 자유선거가 될 것이오. 내가 다른 종류의 선거는 허용할 수 없다는 점을 미리 아주 분명히 해두고 싶어요. 표결이 엉뚱한 방향으로 가는 것 같다고 믿을 만한 이유가 있다면 모를까. 나는 이 로커룸에서 여러분 같은 사람들이 투표를 하는데 그런 일은 있을 리가 없다는 말을 할 수 있어서 자랑스럽소. 우리 목록에서 후보 둘을 마음대로 골라서 투표하면 되오. 그리고 정의를 위해, 여러분 각자가 원하는 이름 둘을 추가해도 되고. 내가 각각의 후보가 얻은 표를 받아 적어 여기 이 종이에 표로 작성하겠소.

자, 보다시피 이건 평범한 리걸패드와 마찬가지로, 줄이 쳐진 노란색 종이요. 내가 대통령이 되기 전에 법률가였다는 걸 아실 테니, 이런 용지의 사용법 또한 정확히 알고 있을 거라고 안심해도 좋소. 사실 이 종이에 미리 써놓은 글자가 하나도 없고, 평범한 워터마크 외에 암호 표식이나 비밀 메모 같은 것이 없다는 점을 여러분이 직접 확인해주면 좋겠소.

교양 코치 그 종이에 대한 대통령님의 설명을 우리 모두가 그대로 믿으면 될 것 같습니다.

트리키 날 믿어줘서 고맙소, 교수. 그래도 네 분이 이 종이를 미리 철저히 조사해보는 편이 낫겠소. 그래야 나중에 이 투표절차를 100퍼센트 신뢰할 수 있을 테니. (그가 사람들에게 종이를 넘겨 돌려보게 한다) 좋소! 자, 이제 자유선거로! 목사부터 시작하는 게 어떻겠소?

마음 코치 음, 제가 지금 좀 흥분한 상태라서요. 제인 폰다에게 투표하고 싶다는 생각에는 전혀 흔들림이 없지만, 그다음에 누구를 찍어야 할지 마음을 정할 수가 없습니다.

커트 플러드에 **아주** 마음이 끌리네요.

교양 코치 그럼 그 둘에게 투표하세요.

트리키 아니면, 우리가 나중에 다시 물을 테니 조금 더 생각해보서도 되고. 장군?

군사 코치 (호전적으로) 하노이와 하이퐁!

트리키 그러니까, 장군이 개인적으로 선택한 후보가 하이퐁이라는 거로군.

군사 코치 저뿐만 아니라 충성스러운 미국인 모두의 선택입니다, 대통령님!

트리키 좋소. (표를 기록한다) 다음.

정치 코치 저도 하노이를 선택하겠습니다.

트리키 하이퐁도 같이? 아니면 없이?

정치 코치 하노이만으로 좋습니다.

트리키 그럼 다른 건?

정치 코치 아뇨, 괜찮습니다, 대통령님. 저는 그대로 가겠습니다.

트리키 좋소. 그럼 이제 정의의 목소리 차례로군.

법률 코치 베리건 형제, 블랙팬서, 커트 플러드.

트리키 천천히, 천천히. 내가 똑바로 받아 적어야 하니까 말이오. 베리긴 형제…… 블랙팬서…… 커트 플러드…… 이러면 셋이잖소. 둘만 찍어야 해요.

법률 코치 저도 압니다, 대통령님. 하지만 앞서 투표한 사람들이 교수의 목록에서 하나씩만 선택했으니, 제가 그 틈새를 메워도 법의 **정신**에 어긋나지 않는 것 같습니다. 대통령님도 마찬가지겠지만, 저는 법조문 그 자체는 아니더라도 법의 정신만은 굳건히 신봉합니다.

트리키 음, 그런 이유라면 좋소. 이제 직접 선택한 이름을 추가하겠소?

법률 코치 네, 대통령님, 그러고 싶습니다.

트리키 하나요 둘이오?

법률 코치 사실 다섯입니다, 대통령님.

트리키 다섯? 하지만 **둘**만 선택해야 한다는 규칙을 만든 사람이 바로 당신이잖소.

법률 코치 저는 그 규칙을 지킬 겁니다, 대통령님. 제가 그 규칙을 제안한 그때와 같은 상황이라면 말입니다. 하지만 지금 상황은 '명백하고 현존하는 위험'이라고 볼 수밖에 없습니다. 만약 제가 지금 생각하고 있는 다섯 개의 이름 중 둘만 제출한다면, 우리가 상상할 수 있는 가장 심각하고 명백하며 현존하는 위험이 이 정부에 닥칠 것 같아 걱정입니다, 대통령님. 하지만 제가 다섯의 이름을 모두 제출한다면, 그건 곧 모종의 음모가 있다는 암시가 될 겁니다. 제가 둘만 선택한다면 기껏해야 우리가 좋아하지 않는 그 둘에 대한 기회주의적이고 사악한 공격으로 보일 테지만, 다섯을 한꺼번에 선택한다면 이 나라 국민들의 마음속에 변변찮게나마 그럴듯한 말인 것 같다는 분위기가 형성될 겁니다.

대통령님, 최소한 제가 그 다섯의 이름을 **읽는 것**만이라도 허락해주셔야 합니다. 여기는 그냥 평범한 사람도 자신의 생각을 말할 수 있는 자유국가 아닙니까. 다른 주의 사람이 제대로 들어보지도 않고 폭동을 일으킬 만큼 도발적인 말만 아니라면요. 그런 표현의 자유가 빌미가 되어 벌어지는 바로 그런 폭동에 맞서 방벽처럼 이 나라를 지키는 사람에게 수정헌법 제1조에 따른 표현의 권리가 허용되지 않는다면 정말로 슬픈 아이러니가 될 겁니다.

트리키 그렇겠지, 그렇겠지. 내가 대통령으로 있는 한, 그런 슬픈 아이러니는, 내가 그 뜻을 똑바로 이해했다면 말이오, 그런 슬픈 아이러니는 발생하지 않을 테니 안심해도 좋소.

법률 코치 감사합니다, 대통령님. 이제 제가 말하는 다섯을 따로 떼어서 생각하시지 말고, 일종의 비밀 갱단으로 생각해보시기 바랍니다. 그들은 다른 것 못지않게 각자의 개성과 직업이 상이하다는 점 덕분에 의심받지 않고 있습니다. 1. 포크 가수 조운 바에즈 2. 뉴욕 시장 존 랜슬롯 3. 죽은 록 음악가 지미 헨드릭스 4. 텔레비전 스타 조니 카슨…….

일동 조니 카슨?

법률 코치 (미소를 지으며) 무죄판결을 받기에 이보다 더 적합한 사람이 있을까요? 누군가가 무죄판결을 받게 해주는 것은 항상 가장 좋은 일입니다. 특히 그 사람이 애당초 부당한 비난을 받은 것처럼 보인다면 말이죠. 그러면 배심원들은 자기들이 품고 있는 불확실성을 한 방향으로만 쏟아낼 수 있게 됩니다. 그리고 자기들이 처음부터 끝까지 공정했다고 느끼게 되죠. 유죄판결이 두루두루 더 훌륭해 보이게 해주는 효과도 있습니다. 물론 조니 카슨을 풀어준다는 것은, 미국에서 가장 인기 있는 남자(대통령님은 제외하고 드리는 말씀입니다)를 풀어주는 겁니다. 어쩌면 재판이 중간쯤 이르렀을 때 대통령님이 끼어들어서 카슨을 대변하는 성명을 발표하실 수도 있을 겁니다. 카슨이 맨슨1969년에 추종자들을 이끌고 다니며 연달아 살인을 저지른 인물 사건 때 바로 그렇게 했죠. 다만 이번에는 방향이 반대일 뿐입니다. 온 나라가 '조니에게 자유를!'이라고 외쳐대는데, 대통령님이 텔레비전에 나와서 이 위대한 연예인에게 제기된 혐의들에 대해 진지하게 의문을 표하는 모습을 상상해보세요.

트리키 그리고 그가 자유의 몸이 되면 내가 기자회견을 열 수 있겠군! 굉장하지 않소? 난 조니를 흉내내서 "여어어어러분 조니입니다" 하고 말하는 거야. 그러면 그가 막 뒤에서 나와 특유의 골프 치는 흉내를 살짝 내는 거지! 그리고 음모꾼들과 함께 감옥에 있었던 걸 소재로 농담을 던질지도 모르오. 아예 죄수복에 족쇄를 차고 나와도 되겠어!

정치 코치 멋지군요! 선거 전날 밤 황금 시간대에 그런 방송을 하는 겁니다. 메인 주의 소나무들이 얼마나 정직한지를 두고 머스티가 지루해서 죽을 것 같은 방송을 할 때 우리가 조니 카슨과 함께 텔레비전에 나가는 거죠!

법률 코치 그게 전부가 아닙니다, 여러분. 아직 저의 **다섯 번째** 음모꾼 이름을 말하지 않았어요.

정치 코치 머브 그리핀미국의 유명 토크쇼 사회자 겸. 유명 프로그램들을 제작한 거물 제작자!

법률 코치 아뇨, 머브 그리핀은 아닙니다…… 재클린 카리스마 콜로서스예요.

(모두 놀라서 침묵)

대담한 것 맞습니다. 어리석다고요? 글쎄요. 먼저 이걸 생각해보십시오, 여러분. 다른 네 명의 음모꾼들과 마찬가지로, 재클린의 이름도 'J'로 시작합니다. 무의미해 보이는 이런 사실에서 우리가 무엇을 얻을 수 있는지 상상이 안 가시죠? 신문들과 텔레비전 평론가들이 하루아침에 그들을 뭉뚱그려 '다섯 J'라고 부를 겁니다. 그렇게 해서 대중의 머릿속에서 그들이 하나로 묶이는 거죠. 마치 그들이 디온 다섯 쌍둥이^{1934년생. 유아기가 지날 때까지 무사히 살아남았다고 알려진 최초의 다섯 쌍둥이}나 뉴욕 닉스^{미국 프로농구팀}라도 되는 것처럼. 그 책략 하나만으로도 우리는 유죄판결을 향해 절반쯤 다가갈 수 있습니다. 콜로서스 부인과 랜슬롯 시장의 관계에 대한 추측도 필연적으로 나올 겁니다. 우리가 그렇게 만들어야죠. 시장의 외모를 그가 아니라 우리에게 이롭게 이용하는 건 우리가 이미 했어야 하는 일 아닙니까? 그리고 전 대통령 영부인인 재클린이 자기 나라에 대해 앙심을 품고 있다는 점도 있죠. 외국인과 결혼해서 외국에 살고 있다는 데서 그 뜻이 분명히 드러나지 않습니까.

정치 코치 그렇다고 재클린이 베이징이나 하노이에 살고 있는 것도 아닌데요.

법률 코치 저도 그 점을 생각해봤습니다. 그 나라의 이름을 언급하지 않는 편이 가장 현명한 길인 것 같습니다. 그냥 외국이라고만 말하는 겁니다. 음모와 독재자와 어둠의 작전 같은 걸 암시하면서요. 그 나라가 그냥 그리스일 뿐이라는 사실을 아무도 기억해내지 못하기를 바라야죠.

정치 코치 재키와 랜슬롯이라…… 인정할 수밖에 없겠습니다. 이걸로 헤드라인을 장식할 수 있을 거예요. 하지만 지미 헨드릭스는 왜 들어간 겁니까? 이미 죽었는데.

법률 코치 아직 록 공연자가 한 명도 목록에 없었기 때문입니다. 그리고 이 나라의 부모들이 그 나쁜 놈들의 목을 매달 준비가 되어 있다는 제 개인적인 생각도 있습니다. 하지만 먼저 죽은 사람부터 조심스럽게 시작하는 겁니다. 그렇게 해서 아무런 비난도 받지 않는다면, 선거 때에 맞춰서 살아 있는 사람을 하나 내세우는 거죠…… 물론, 이것 또한 중요한 점인데, 그의 이름도 'J'로 시작합니다.

트리키 들어보니, 고작 오 분밖에 안 되는 짧은 시간 동안 모든 파급효과에 대해 철저히 생각해본 것 같군. 랜슬롯과 카리스마의 이름을 록 가수나 포크 가수의 이름과 함께 놓았을 때 얻을 수 있는 정치적 이득은 내가 보기에 추정할 수 없는 수준인 것 같소. 조니 카슨을 기소했다가 풀어주는 것은 히스 이후 가장 환상적인 자기 과시 기회인 것 같고.

법률 코치 감사합니다, 대통령님.

트리키 하지만 아주 중요한 문제가 하나 있소. 아까 당신이 직접 제안했고 우리 모두가 동의한 규칙. 그래요, 당신이 이걸 당에 대한 '명백하고 현존하는 위험'으로 본다는 건 알고 있소만, 나는 아주 엄청난 축복으로 보고 있어요. 따라서 당신이 그 다섯 이름을 제출하는 것을 허락하지 않겠소. 하지만 이보다 훨씬 더 중요한 문제를 지적하자면, 그 다섯 명이 이름 이니셜로 단단히 연결되어 있는 만큼, 그들을 하나처럼 묶어서 제출하라고 말하고 싶소. 그리고 그들이 다섯 명이 아니라 한 명으로 표에 기입될 것이라는 사실을 나타내기 위해, 내가 여기 여백에 커다란 괄호를 하나 넣을 것이오. 이렇게…… 알겠소? 모두 잘 봐요. 난 지금 내 말을 정확히 행동으로 옮겼으니까. 잘 보시오. 나중에 이 절차의 공정성에 일절 의문이 제기되지 않게. (모두 괄호를 자세히 살핀 뒤, 대통령의 말 그대로 괄호가 맞다고 입을 모은다) 자, 그럼, 교수, 당신 차례요.

교양 코치 저는 커트 플러드에게만 표를 주겠습니다. 우리나라가 베리건 형제와 블랙팬서에게 점점 아주 염증을 내고 있는 상황에서 플러드의 이름은 신선합니다. 미안하지만, 우리 국민들은 재클린 카리스마에 대해서도 지겨워 죽을 지경입니다. 플러드는 신선한 인물일 뿐만 아니라, 제가 아까 말했듯이 우리가 아무리 헐뜯고 비방해도 영웅이나 순교자가 될 수 없는 인물입니다. 야구계 은어로 그는 타고난 선수거든요.

트리키 아주 좋소. (투표결과를 기록한다) 그럼 목사? 결정을 내렸소? 설마 시간이 충분하지 않았다는 말은 하지 않겠지.

마음 코치 그럼요, 물론입니다. 다만 지금까지 오간 말을 들으면서 처음보다 오히려 더 혼란스러워진 것 같아 걱정입니다. 저는 지금도 제인 폰다에게 마음이 많이 쏠립니다. 저의 첫 번째 선택으로 한참 앞서 나가 있어요. 하지만 그녀 다음으로는…… 도저히 마음을 정할 수가 없습니다. 잘못된 결정을 내리는 건 정말로 무시무시한 일이 아닙니까, 그렇죠? 우리가 하려는 일의 무게와 심각성을 생각하면…… (장군에게) 미안하지만, 아까 누구에게 투표하셨죠?

군사 코치 하노이와 하이퐁.

마음 코치 (정치 코치에게) 당신은?

정치 코치 하노이. 하이퐁 없이.

마음 코치 (법률 코치에게) 당신은 다섯을 하나로 제출했죠. 그럼 다른 하나는?

법률 코치 베리건 형제, 블랙팬서, 플러드.

마음 코치 (양손을 위로 던지듯 올리면서) 아, 도저히 모르겠습니다! 차례로 이름을 들을 때마다 전부 직전 후보보다 좋이 보여요! 오…… 알세 뭐람! 어, 느, 것, 으, 로, 할, 까, 요…… 그래! 제인 폰다와 커트 플러드! 됐습니다!

트리키 (목사의 투표결과를 기록한다) 이제 모두 투표하셨으니, 내가 다시 이 종이를 여러분에게 돌리겠소. 각자 자신의 투표결과가 표에 올바르게 기입되었는지 확인해봐요. 미국 대통령이라도 단순한 기입 실수를 할 수 있으니. 만약 그런 실수가 있었다면, 그 사실을 인정할 수 있을 만큼 마음이 넓은 사람이 되기를 바랄 뿐이오. (참석자들에게 종이를 돌린다)

법률 코치 지미 헨드릭스 말입니다, 대통령님. 여기 J-i-m-m-y로 적으셨는데, J-i-m-i가 올바른 철자입니다.

트리키 그럼 수정합시다. 그렇게 무심코 저지르는 실수야말로 언론이 완전히 곡해하기 일쑤니까. 나는 이 나라의 모든 유색인 이름 철자를 알고 있다고 주장한 적이 한 번도 없지만, 이것만은 말씀드리겠소. 유색인이든 아니든 기소장을 받을 때 거기에 이름 철자가 올바르게 기입될 권리가 헌법에 보장되어 있소. 그 사람에게 적용된 혐의가 아무리 황당하고 괘씸한 것이라 해도. 내가 대통령으로 있는 동안에는, 이 권리가 보장되게 하기 위해 모든 노력을 기울일 것이오. 그래서 J-i-m **뭐라고?**

법률 코치 'I'입니다.

트리키 J-i-m-i. 됐다. 그리고 여기 수정된 부분에 내 이니셜을 넣겠소. 애당초 실수를 저지른 사람과 수정한 사람이 누구인지 정확히 밝혀야 하니까. 됐다!

이제는 이 나라의 훌륭한 유색인들이 이처럼 보잘것없어 보이는 문제에 내가 얼마나 꼼꼼히 주의를 기울였는지 봐주기를 바랄 뿐이오. 아, 그렇지, 언론은 여전히 흠을 잡겠지요. 그건 틀림없소. 하지만 이 나라의 착하고 근면한 유색인 대다수에 대한 내 판단이 옳다면, 미국 대통령이자 자유세계의 지도자로서 바쁜 업무를 처리하던 중에 내가 시간을 내어 그들 중 한 명의 이름 철자 하나를 수정했다는 사실이 아무도 모른 채 그냥 묻혀버리지는 않을 것이라고 확신하오. 날 몽상가라 불러도 좋소. 인류애를 믿는 자라 불러도 좋소. 노래 가사처럼, 사팔뜨기 낙천가라 불러도 좋소. 그리고 실수를 인정한 나를 반드시 큰 사람이라고 불러야 하오. 하지만 나는 그들이 사용하는 이름 철자를 감안할 때 이것이 우리에게 얼마나 해결하기 어려운 문제인지 그들도 이해할 거라고 확신하오. 천한 일을 하는 사람들이 흔히 그렇듯이, 내가 맡은 일과 같은 엄청난 일을 하루아침에 모두 해낼 수는 없으니 시위로도 행진으로도 백악관 잔디밭에 세워둔 짐수레로도 우리를 위협해 이름 철자를 똑바로 쓰게 만들 수는 없다는 훌륭한 지혜를 그들도 갖게 될 것이라고 생각하오. 우리가 이름 철자를 올바로 쓰기는 하겠지만, 그건 우리에

게 여유가 생길 때 우리만의 비밀 시간표에 따라 이루어

질 것이오. 하늘에서와 같이 땅에서도.

마음 코치 아멘.

트리키 자, 여러분, 이 신성한 분위기에서 나는 오늘 회의를

이만 마치려 하오. 오전 10시에 다시 모여 이 범죄의 정

확한 본질을 결정합시다. 그때까지 나는 여기 이 로커룸

에 남아 유니폼 차림으로……

마음 코치 대통령님, 곧 동이 틀 겁니다. 휴식을 좀 취하셔야

지요. 헬멧을 벗고 잠자리에 드셔야 합니다.

트리키 지금은 잘 수 없을 것 같소, 목사. 이렇게 엄청난 규모

로 나를 헐뜯는 캠페인이 일어나고 있으니.

마음 코치 하지만 사람이 할 수 있는 일에는 한계가…….

트리키 이런 일에 대해서는 말이오, 목사, 조금 건방지게 들

릴지 몰라도, 나는 지치는 법이 없소. 그러니 나는 이 유

니폼을 계속 입고 있을 것이오. 헬멧까지 완전히 갖춰 쓰

고. 여러분이 방금 자유선거로 실시한 투표결과가 있으

니, 나는 밤중에 홀로 깨어 내 경력에 가장 도움이 될 것

으로 보이는 음모를 짜내보겠소. 그저 내가 그 일을 해낼

수 있기만을 기원할 뿐이오. 좋은 밤 보내시오, 여러분.

고맙소.

일동 좋은 밤 보내십시오, 대통령님. (모두 자리를 뜨려고 일어

선다)

트리키 나가면서 유니폼 반납하는 것 잊지 마시오. 내 이름은 말하지 않겠소만, 지난번 당신들 중 한 명이 일상복 안에 유니폼을 입고 몰래 나가려 한 것으로 알고 있소. 집에 가서 아내와 자식들에게 자랑할 생각이었겠지. 물론 그런 유혹을 느낄 수는 있소. 나도 어깨보호대를 하고 대국민 연설을 하고 싶었던 적이 얼마나 많은지! 지금껏 누구에게도 말한 적이 없소만, 우리끼리니까 말하겠소. 캄보디아 침공 때 내가 텔레비전 전국 방송에 나갔잖소. 그때 아무도 몰랐지만, 나는 내셔널풋볼리그 국부보호대를 차고 있었소. 나도 어쩔 수가 없었어요. 〈패튼〉을 보고 나서 캄보디아를 침공했는데, 그게 전부 머리에 박혔던 것 같소. 물론 이런 이야기를 밖에 나가서 한마디라도 하면 안 되오. 날 비판하는 자들이 이 사실을 알면, 뭐, 그자들이 닉슨에게 어떻게 달려드는지 여러분도 알잖소. 내가 텔레비전에 나가 외교정책에 관한 연설을 하면서 미식축구 선수들이 차는 국부보호대만 착용해도 조간신문들은 날 사이코패스로 몰 거요. 여기 지하의 로커룸에서는 몰라도, 저 위의 진짜 세상에서는 회색 양복만 입어야지!

일동 대통령님의 비밀을 반드시 지키겠습니다.

트리키 (감동한 표정) 그럴 줄 알았소…… 좋소. 이제 여러분이 이 방을 나가면서 프로들이 스크럼을 풀 때처럼 내 엉덩이를 한 대씩 찰싹 쳐주는 것만 남았군. 이 말도 잊지 마시오. '잘했어, 트리키 D, 잘했어!'

4

트리키의 대국민 연설

—

'덴마크에는 썩은 구석이 있다'라는 유명한 연설

안녕하십니까, 국민 여러분.

저는 오늘 밤 국가적으로 중요한 말씀을 드리려고 여러분 앞에 나왔습니다. 현재 우리나라가 직면한 위기의 본질을 축소해서 여러분께 거짓 희망을 드릴 생각은 없습니다만, 지난 스물네 시간 동안 제가 내린 결정들에 대해 비판적인 언론매체에서 여러분이 보시거나 들으신 것처럼 크게 걱정할 이유는 없다고 생각합니다.

우리가 위기 앞에서 약하고 비겁하고 명예롭지 못한 모습을 보일 때 더 좋아하는 사람들이 항상 있다는 것을 이제저는 잘 알고 있습니다. 그 사람들은 물론 자신들의 주장을 펼 권리가 있지요. 그러나 저는 비합중국과 수권국가인 덴마크 사이의 대결에서 제가 취한 조치들이 우리의 존엄성, 명예, 도덕과 영적인 이상주의, 전세계 사람들 앞에서 우리의 신뢰성, 경제의 탄탄함, 우리의 위대함, 선조들의 꿈에 대한 헌신, 인간적인 정신, 신이 우리에게 고취해주신 인간의 존엄성, 조약에 대한 충실성, 유엔의 원칙, 모든 사람의 발전과 평화를 위해 반드시 필요한 것이었다는 말에 미국 국민 대다수가 동의할 것이라고 확신합니다.

간단히 세 가지만 꼽자면, 우리의 존엄성, 이상주의, 명예를 대변해서 대담하고 단도직입적인 행동을 취한 정치적인 결과를 저만큼 잘 인식하는 사람은 없을 겁니다. 그래도 저는 군사력 10류 국가의 손에 굴욕을 감수하고서 재선에 성공한 대통령이 되느니, 덴마크에 맞서 고결하고 영웅적인 조치를 취하고서 재선에 실패한 대통령이 되는 편을 선택하겠습니다. 이 점을 무엇보다 분명히 밝히고 싶습니다.

이제 제가 덴마크를 상대로 지시한 조치들과 그런 결정을 내린 이유를 여러분께 설명하겠습니다. (지시봉을 들고 스칸디나비아 지도로 시선을 돌린다)

첫째, 포르노에 찬성하는 덴마크 정부가 미국을 배신하는 행동을 했음에도 저는 군사적 주도권을 쥐기 위해 즉각적이고 효과적으로 대응했습니다. 지금 이 순간 미국 제6함대가 제 지시로 발트해와 북해로 파견되어, 이 지도에서 보시다시피 덴마크를 드나드는 수로를 모두 완전히 장악했습니다.

(발트해와 북해를 가리킨다) 항공모함, 군 수송선, 구축함이 유틀란트 반도의 덴마크 땅(해당 지점을 가리킨다)과 인근의 수많은 덴마크 섬들 주위를 에워싸고 전략적으로 배치되었습니다. 여기 이 지도에 모두 빨간색으로 표시된 곳입니다. 이 영토를 모두 합하면 덴마크의 크기는 대략(미국 지도를 향해 돌아선다) 훌륭한 주 뉴햄프셔와 버몬트를 합한 것만 합니다. 아름다운 가을 숲과 맛있는 메이플시럽으로 유명한 그 지역은 여기 하얀색으로 표시되어 있습니다.

이제 제가 군 통수권자로서 책임을 다하기 위해 지시한 이 조치의 결과를 말씀드리겠습니다.

현재 덴마크는 1962년 존 F. 카리스마 대통령이 소련 핵미사일이 쿠바와 서반구, 즉 여기(서반구 지도를 가리킨다)에 진입하는 것을 막기 위해 실시한 봉쇄조치만큼 난공불락인 봉쇄조치로 사실상 고립되어 있습니다. 우리 모두 알다시피, 그 당시는 카리스마 대통령의 재임 기간 중 가장 훌륭하고 가장 용감한 시기였습니다. 이번 봉쇄조치도 그때의 그것과 정확히 똑같습니다.

제가 덴마크를 세상으로부터 사실상 고립시킨 것은 사실이지만, 저를 비판하는 사람들이 이번 위기를 맞아 제게 권고하려 하는 고립주의적 입상을 취하지는 않을 것입니다. 이 점에 대해서는 오해가 있으면 안 됩니다. 미국이 평화롭게 살고 싶다면 결코 고립된 상태로 살아갈 수 없습니다.

여러분이 이렇게 묻는 소리가 들리는 것 같군요. "대통령님, 우리의 존엄성, 이상주의, 명예를 지키기 위해 즉각적이고 효과적인 조치를 취하셨습니다만, 국가 안보는 어떻게 되는 겁니까? 그것도 위험하지 않은가요?"

음, 좋은 질문입니다. 당연히 신중한 답변을 드려야 하겠죠. 우리 모두 덴마크의 호전적이고 팽창주의적인 정책을 잘 알고 있습니다. 11세기부터 줄곧 그 나라가 미국 대륙에 대해 품고 있던 영토 계획이 특히 그렇습니다. 기억하시겠지만, 당시 붉은 에릭이 이끄는 군대가 북미대륙에 상륙했고, 나중에는 그의 아들 레이프 에릭슨이 이끄는 부대도 상륙했습니다. 이 붉은 가문이 바이킹 무리를 이끌고 시행한 이 상륙작전들은 당연히 사전경고 없이 이루어졌으므로 먼로 독트린에 정면으로 위배됩니다. 이런 준군사적 침공을 제외하더라도 바이킹들은 우리 동쪽 해안, 바로 여기(해당 지역을 가리킨다) 보스턴 인근, 즉 한밤중에 말을 달려 영국군의 침공 소식을 전해 세계적으로 유명해진 폴 리비어^{미국 독립혁명 때의 우국지사}의 탄생지이자 저 유명한 보스턴 차 사건^{미국 식민지 주민들이 영국에서 차가 수입되는 것을 막기 위해 일으킨 사건}의 발상지인 이곳에 특별구역을 만들려고 여러 차례 시도했으나 성공하지 못했습니다.

따라서 우리 영토의 보전에 대해 오래전부터 드러내놓고

무시하는 태도를 보인 덴마크 때문에 우리 국가 안보가 위험해지느냐는 질문에 저는 솔직히 그렇다고 대답할 수밖에 없을 것 같습니다. 그래서 저는 우리의 영토, 명예, 이상주의에 대한 새로운 위협에 간절한 호소를 담은 외교적 항의로 반응할 생각이 없음을 오늘 밤 덴마크의 친親포르노 정부에 분명히 밝혔습니다. 또한 제 입장에 대한 오해를 방지하기 위해, 서독에 주둔 중인 미 7군에 독일과 덴마크 국경선상인 55도선의 여기(해당 지역을 가리킨다)로 이동해 공격대형을 갖출 것을 지시했습니다. 미국 국민 여러분께 분명히 말씀드립니다. 덴마크의 친포르노 정부에 분명히 밝혔듯이, 우리 아이들이 (지시봉으로 해당 지역을 가리키며) 포틀랜드, 보스턴, 뉴욕, 필라델피아, 볼티모어, 워싱턴, 노퍽, 윌밍턴, 찰스턴, 서배너, 잭슨빌, 마이애미, 키비스케인의 길거리, 그리고 물론 그보다 서쪽의 길거리에서도 붉은 에릭의 후손들과 꼭 싸워야 하는 상황을 막기 위해 필요하다면 저는 우리 미국의 용감한 군인들을 오늘 밤 국경 너머 덴마크로 진군시키는 일을 단 한 순간도 망설이지 않을 겁니다. 만약 제가 11세기에도 미국 대통령이었다면 그 붉은 가문의 정권에도 이 뜻을 분명히 밝혔을 겁니다.

비록 시금 덴마크는 6함대로 인해 세계와 사실상 단절되어 있고 미 7군이 그 땅을 점령하겠다고 사실상 위협하고 있지만, 덴마크 땅에는 아직 미국 군인이 단 한 명도 발을 들여놓지 않았습니다. 언론의 선정적인 보도와 공연히 민심을 동요시키는 사람들이 무책임하게 퍼뜨리는 터무니없는 소문과는 반대로, (손목시계를 확인하며) 지금 이 시각 현재 덴마크 영토에는 전투부대든 아니면 덴마크 반反포르노 레지스탕스에 자문 역할을 하는 군인이든 우리 군대가 전혀 들어가 있지 않습니다. 많은 사람들은 이 레지스탕스를 합법적인 덴마크 망명정부로 생각하고 있습니다.

미군이 덴마크 영토를 침공했다는 보도는 무엇이든 명백한 거짓이며, 고의적인 사실 왜곡입니다.

사실은 이렇습니다. 용감한 미국 해병 1000명이 몇 시간 전, 덴마크 시간으로 자정에 육해군 합동으로 상륙작전을 펼쳤습니다만, 그것은 덴마크 영토에 대한 침공이 아니라 영어를 사용하는 전세계 사람들 특히 미국인들이 수 세기 동안 신성하게 여기던 기념물을 덴마크의 점령으로부터 해방시키려는 작전이었습니다.

관광객들에게 '햄릿의 성'으로 널리 알려진 요새의 고장인 헬싱괴르 시를 해방시키려는 작전이었다는 뜻입니다. 덴마크가 수백 년 동안 이 도시를 점령하고 관광을 위해 착취했으나, 모든 역사를 통틀어 가장 위대한 영어 작가인 윌리엄 셰익스피어, 순전히 이 사람 덕분에 유명해진 그 도시와 성이 오늘 밤 그 불멸의 시인과 같은 언어를 사용하는 미국 군인들에 의해 점령되었습니다.

지도를 다시 봅시다. 여기 해안에 헬싱괴르가 있습니다. 수도인 코펜하겐에서 북쪽으로 약 56킬로미터 떨어진 곳입니다. 수도와 이렇게 가깝기 때문에, 사람들은 이곳의 경계가 삼엄해서 공격에 뚫리지 않을 것이라고 수백 년 전부터 믿어버렸습니다. 미군이 한밤중에 물을 헤치고 해안으로 다가가서 총 한 방 쏘지 않은 채 어둠을 틈타 그 성의 외국 침략자들을 몰아낼 수 있었던 것은 확실히 우리 정보부대와 용감한 해병들의 훌륭한 활약 덕분입니다.

헬싱괴르의 당직 경계병이 침대에서 자다가 성문을 두드리는 소리에 깨어났을 때 너무나 혼비백산한 나머지 잠옷 바람으로 나와서 성문을 아주 활짝 열어준 덕분에 우리 용감한 해병들이 몇 분 만에 구석구석으로 달려가 성을 확보할 수 있었다고 여러분께 자랑스럽게 말씀드립니다. 당시 혼자서 그 땅을 지키던 외국인 침략자 경계병은 관광 안내서와 함께 구금되었으며, 현재 그 성의 유명한 지하감옥에서 우리나라가 당당히 서명한 제네바 협약의 규칙에 따라 철저한 심문을 받고 있습니다.

헬싱괴르를 해방시긴 뒤 저는 덴마크의 친포르노 정부에 성명서를 보내 우리 조치가 덴마크를 포함한 어느 나라의 안

보도 직접적으로 겨냥하지 않았음을 분명히 밝혔습니다. 이번 조치를 구실로 미국과의 관계를 해치려 하는 나라는 그 선택에 대해 책임을 져야 할 것이며, 우리는 적절한 결론을 내릴 것입니다.

이와 관련하여, 만약 덴마크 군이 우리 해병들을 어떤 방식으로든 '햄릿의 성'에서 몰아내려 하거나 괴롭히는 경우, 가정주부와 노동자뿐만 아니라 교수와 시인에 이르기까지 모든 미국인들이 그것을 우리 문화유산에 대한 직접적인 모욕으로 해석할 것입니다. 그러면 저는 코펜하겐에 있는 한스 크리스티안 안데르센 동상에 유럽 도시를 대상으로 실시된 그 어떤 공습보다 규모가 큰 공습을 퍼붓는 방식으로 보복하는 수밖에 없습니다.

헬싱괴르를 외국의 점령이라는 굴레에서 해방시키기로 한 저의 결정으로 인해 미국 국민들은 앞으로 이 나라에서 가장 널리 알려진 오피니언리더 중 일부가 내놓는 패배의 예감과 회의적인 태도로 고생할 것입니다. 그러나 그 패배주의자들과 회의주의자들에게 하고 싶은 말이 있습니다. 지난 수백 년 동안 무자비하게 '햄릿의 성'을 점령했듯이, 만약 덴마크가 지금 또는 미래에 마크 트웨인의 미주리 강이나 《바람과 함께 사라지다》의 아름다운 옛 남부를 점령하려 시도한다면, 저는 오늘 밤 주저 없이 헬싱괴르를 해방시킨 것처럼 한니발과 애틀랜타와 리치먼드와 잭슨과 세인트루이스를 해방시키기 위해 주저 없이 해병을 보낼 겁니다. 저는 또한 미국 국민대다수가 지금과 마찬가지로 그때에도 저를 지지할 것이라고굳게 믿고 있습니다.

그러나 다행히 현재 저는 우리 자녀들뿐만 아니라 그 자녀들의 자녀들도 덴마크 관광국의 맹공에 맞서 조국의 문학적 기념물들을 지키기 위해 피를 흘릴 필요가 없을 것이라고기대하고 있습니다. 그들의 부모인 우리가 먼 나라의 작은 바닷가 마을에서 우리의 임무를 수행했기 때문입니다.

이에 대해 어떤 반응을 보일지는 덴마크 정부에 달려 있습니다. 그들의 선택지는 둘입니다. 우리가 국제법에 따라 그들에게 요구한 외교적 예의를 우리에게 보여주거나, 아니면우리의 요청에도 불구하고 애당초 이처럼 엄중한 대립을 촉발한 비타협적 태도, 호전성, 상대를 무시하는 태도를 계속유지하는 것.

만약 그들이 앞으로 열두 시간 안에 우리가 원하는 것을 양보함으로써 신의를 갖고 우리와 협상하는 길을 선택한다면, 존 F. 카리스마가 최고의 순간에 쿠바 봉쇄를 풀었듯이저 역시 덴마크 해안의 봉쇄를 즉각 해제할 것입니다. 또한그 나라 국경에 모여 있는 병력을 일 년에 16분의 1이라는 속도로 감축하는 조치도 취할 겁니다. 마지막으로, 헬싱괴르 성에서 포로가 된 경비병을 코펜하겐으로 돌려보낼 것입니다. 현재 진행 중인 심문에서 그가 덴마크 정부에 고용된 덴마크 국민이 아니라고 판명된다면 말입니다.

그러나 덴마크 정부가 우리가 원하는 것을 양보함으로써 신의를 갖고 협상하는 길을 거부한다면, 저는 즉시 10만 명의 미국 무장군인들에게 덴마크 땅으로 진입하라는 명령을 내릴 겁니다.

여기서 한 가지 아주 분명히 해두고 싶은 것이 있습니다. 이 조치 역시 침공이 되지 않는다는 점입니다. 우리는 일단 그 나라 전국에 퍼져 주요 도시들을 폭격하고, 시골을 초토화하고, 군을 무력화하고, 시민의 무장을 해제하고, 친포르노 정부의 지도자들을 감옥에 가두고, 현재 망명 중인 정부를 코펜하겐에 세워 에이브러햄 링컨의 말처럼 그들이 지상에서 스러지지 않게 한 다음 즉시 군대를 철수시킬 겁니다.

덴마크와 달리 위대한 우리나라는 외국 영토에 대해 어떤 의도도 갖고 있지 않습니다. 다른 나라의 내정에 간섭하고 싶은 생각도 없습니다. 덴마크 반포르노 레지스탕스^{Danish Anti-Pornography Resistance}, 즉 D.A.R.의 포부에 아주 깊이 공감하면서도 우리는 지난 수년 동안 신중하게 두고 보자는 태도를 유지했습니다. D.A.R.의 몹시 품위 있고 이상주의적인 남성들이 민주적인 수단을 통해 코펜하겐에서 정치적인 자리에 앉을 수 있을 것이라는 희망 때문이었습니다. 불행히도 친포르노 당은 이런 일을 허락하지 않으려고 이른바 자유선거에서 몇 번이나 덴마크 국민들을 세뇌해 D.A.R.에 **반대하는** 표를 던지게 만들었습니다. 그들의 세뇌기법이 워낙 정교하고 철저해서 결국 D.A.R.은 단 한 표도 얻지 못했습니다. 사실상 선거에 아예 참여하지 않은 것이나 마찬가지였죠. 더럽고 음탕한 세력이 덴마크에서 이런 식으로 민주적 과정을 조롱하고 있습니다.

국민 여러분, 덴마크가 이제 미합중국에 대해 바로 이런 식으로 타인의 권리를 무시하는 태도를 보일 것입니다. 그러나 우리나라가 군사력 10류 국가의 횡포에 굴욕을 당하고, 순전히 미국의 힘만으로 공격적인 행동을 저지하고 있는 전 세계 모든 지역에서 신뢰성을 잃어버리는 일은 일어나지 않을 겁니다. 오늘 밤 제가 코펜하겐의 지도자들에게 만약 우리 요구를 계속 거절한다면 우리가 동원할 수 있는 군사력을 모두 동원해 무력이 아니라 이성에 답하는 정부, 타락이 아니라 품위를 상징하는 정부, 에이브러햄 링컨의 말처럼 덴마크 국민들뿐만 아니라 미국 국민과 전세계 모든 사람의, 그들에 의한, 그들의 정부가 덴마크에서 합법적인 권위를 인정받게 할 것이라고 통보한 이유가 바로 그것입니다.

우리가 덴마크에 무엇을 요구하고 있을까요, 국민 여러

분? 그것은 1968년 법망을 피해 도망친 자를 국제법과 문명국의 관습에 따라 우리 땅으로 돌려보내달라고 영국에 요청하고 영국이 그 요청을 받아들인 경우보다 더하지도 덜하지도 않습니다. 그 도망자는 나중에 마틴 루서 킹을 살해한 혐의로 유죄판결을 받았죠.

우리가 덴마크에 무엇을 요구하고 있을까요? 그것은 카리스마 대통령의 살인범이 소련으로 피신하려고 두 번째 시도를 했다면 우리가 1963년에 소련에 보냈을 요구보다 더하지도 덜하지도 않습니다.

우리가 덴마크에 무엇을 요구하고 있을까요? 그것은 미국 프로야구클럽 리그의 워싱턴 세너터스 팀에서 도망친 자를 미국 당국에 넘기라는 말보다 더하지도 덜하지도 않습니다. 워싱턴에서 보이스카우트들이 소요를 일으키기 정확히 일주일 전인 1971년 4월 27일에 이 나라에서 도망친 그 자, 찰스 커티스 플러드라는 이름의 남자 말입니다.

*

지난 스물네 시간 동안 상황이 너무 빠르게 변했으므로 지금 상황을 명확히 정리하기 위해, 자취를 감추기 전 '커트 플러드'라는 가명으로 바로 여기 워싱턴에서 야구를 했던 찰스 커티스 플러드의 사건을 여러분에게 상세히 되짚어드리고 싶습니다.

언제나 그렇듯이, 저는 여러분에게 모든 것을 최대한 분명하게 말씀드리고 싶습니다. 그래서 제가 연설 때나 기자회견 때나 인터뷰 때 한 가지, 또는 두 가지, 또는 세 가지 등 제가 말씀드리고 싶은 여러 가지 것들을 아주 명확히 하고 싶다고 거듭거듭 말하는 겁니다. 대통령의 생활 중에 가벼운 부분을 여러분께 살짝 보여드리자면, (사랑스러운 장난꾸러기 같은 미소로) 아내 말로는 제가 꿈에서도 그 말을 한답니다. (다시 진지한 표정으로) 국민 여러분, 저처럼 깨어 있을 때든 잠결에든 이런저런 것들을 분명히 말씀드리고 싶다고 자주 말하는 사람에게는 감출 것이 전혀 없다는 사실을 여러분도 저처럼 잘 알고 계실 것이라고 확신합니다.

자, 그럼 자신이 '커트 플러드'라고 주장하는 이 남자는 누구일까요? 많은 미국인, 특히 이 나라의 훌륭한 어머니들에게는 이 이름이 에릭 스타보 골트라는 이름만큼이나 낯설 겁니다. 여러분이 기억하시는지 모르겠습니다만, 에릭 스타보 골트는 마틴 루서 킹의 살인범으로 유죄판결을 받은 제임스 얼 레이의 가명입니다.

'커트 플러드'는 누구일까요? 음, 일 년여 전까지만 해도 이 질문에는 아주 간단히 대답할 수 있었을 겁니다. 플러드는 내셔널리그 세인트루이스 카디널스 팀 소속 야구선수로 중견 수였으며, 통산 타율 2할 9푼 4리는 단순히 괜찮은 수준을 넘어서는 기록이었습니다. 명예의 전당에 오르지도 못했고, 메이저리그에서 가장 뛰어난 선수도 아니었지만, 그렇다고 최악의 선수와는 거리가 멀었습니다. 심지어 앞으로 그의 전성기가 올 것이라고 믿는 사람도 많았습니다. 모든 남자다운 스포츠 못지않게 야구 역시 열렬히 좋아하는 팬으로서 저도 그렇게 믿는 사람 중 하나였음을 자랑스럽게 말씀드립니다.

그런데 비극이 일어났습니다. 일본이 진주만을 공격할 때처럼 기습적으로, 1970년 당시 '커트 플러드'라는 이름을 사용하던 그는 자신을 우리나라 역사상 가장 높은 임금을 받는 흑인 중 한 명으로 만들어준 야구에 덤벼든 겁니다. 1970년에 그는 이렇게 선언했습니다. 그가 직접 쓴 글을 정확히 인용하겠습니다. "누군가는 체제에 맞서 일어날 필요가 있다." 그러고는 야구조직을 상대로 소송을 제기했습니다. 리그 커미셔너가 직접 한 말에 따르면, 이 소송에서 플러드가 승리를 거둘 경우 지금과 같은 야구는 사라질 것입니다.

평범한 시민들, 즉 법과 관련 없는 일을 하며 살아가는 사람들이 이 법의 도망자가 우리나라의 훌륭한 국민적 소일거리인 야구를 망가뜨리려고 제기한 소송의 복잡한 내용을 헤쳐 나아갈 수는 없을 겁니다. 애당초 사람들이 변호사를 고용하는 이유가 그것이죠. 제가 변호사로 활동할 때 사람들이 저를 고용한 이유도 바로 그것이었습니다. 자랑은 아니지만, 제가 그분들을 잘 도와드렸던 것 같습니다. 아직 일이 힘든 젊은 변호사 시절 피터와 함께 캘리포니아 주 프리시어에서, 바로 여깁니다, (해당 지역을 가리킨다) 일주일에 9달러로 살던 시절에 저는 제 의뢰인들을 돕기 위해 밤이 깊도록 법전을 읽으며 공부하곤 했습니다. 제 의뢰인들은 대부분 피터와 저처럼 훌륭한 젊은이들이었죠. 여담이지만 당시 저는 다음과 같은 미결제 채무를 안고 있었습니다.

— 멋지고 아담한 저희 집 담보로 1000달러

— 사랑하는 부모님께 200달러

— 의리 깊고 헌신적인 제 형제에게 110달러

— 저희가 다니던 치과의 의사 선생님께 15달러. 저희가 누구보다 존경하던 따뜻한 마음의 유대인 남성이셨습니다.

— 마음씨 좋은 식품점 영감님께 4달러 35센트. 누구에게나 항상 좋은 말을 해주던 이탈리아 출신 영감님이었는데, 지금도 그분의 이름이 기억납니다. 토니.

— 저희가 다니던 세탁소의 중국인 주인에게 75센트. 몸이 호리호리한데도 제가 밤늦게까지 법전을 공부하듯 밤늦게까지 셔츠를 다리던 분이었습니다. 자녀들이 장차 원하는 대학에 진학할 수 있게 해주려고요. 그 아이들이 모두 훌륭하고

뛰어난 중국계 미국인으로 자라났을 것이라고 확신합니다.

— 어느 폴란드계 남성에게 60센트. 우리 부통령이라면 애정을 담아 폴란드 놈이라고 불렀겠지요. 저희가 사용하던 구식 아이스박스에 넣을 얼음을 배달하는 분이었습니다. 자신의 조국 폴란드에 대한 자부심이 대단한 튼튼한 분이었죠.

저희는 또한 아일랜드 출신의 훌륭한 배관공, 훌륭한 일본계 미국인 잡역부, 먼 남부 출신으로 우연히 우리와 같은 인종이던 훌륭한 부부에게 도합 2달러 90센트의 빚을 지고 있었습니다. 그 부부의 자녀들은 다른 지역 출신인데도 저희 아이들과 함께 놀면서 완벽한 화합을 이뤘습니다.

제가 법률 사무실에서 오랜 시간 열심히 일해, 이 훌륭한 분들께 빚졌던 돈을 한 푼도 남김없이 갚았다는 사실을 말씀드릴 수 있어 자랑스럽습니다. 국민 여러분, 제가 오늘 밤 여러분께 드리고 싶은 말씀은, 제가 그렇게 오랜 시간 열심히 일한 사람이므로, 그 도망자가 베이브 루스, 루 게릭, 타이 콥, 트리스 스피커, 로저스 혼즈비, 호너스 와그너, 월터 존슨, 크리스티 매튜슨, 테드 윌리엄스 등 명예의 전당에 오른 선수들이자 미국인들이 얼마든지 자랑스러워해도 되는 사람들 덕분에 유명해진 스포츠에 맞서서 제기한 소송의 교묘하고 영리하고 복잡한 부분을 모두 이해할 자격을 갖췄다는 점입니다.

이 말씀을 드리고 싶습니다. 이 소송은 물론 거기서 파생될 수 있는 문제들까지 모두 연구한 결과, 저는 이 도망자가 승리할 경우 미국 소년들을 튼튼하고 품위 있고 법을 준수하는 성인으로 만드는 데 이 나라의 그 어떤 기관이나 제도보다 더 많은 역할을 했다고 볼 수 있는 그 훌륭한 스포츠의 죽음으로 이어질 수밖에 없다는 리그 커미셔너의 현명한 의견에 동의할 수밖에 없습니다. 솔직히 우리 적들이 이 나라의 젊은이들을 무너뜨리는 데, 이 야구라는 스포츠와 그 스포츠가 상징하는 모든 것을 파괴하는 방법보다 더 좋은 방법이 있는지 모르겠습니다.

이제 여러분의 머리에 또 다른 의문이 떠올랐을 것입니다. "대통령님, 만약 커트 플러드가 야구를 파괴해서 이 나라의 젊은이들을 무너뜨리려고 나선 거라면, 기꺼이 그의 변호를 맡아줄 변호사가 도대체 어디에 있을까요?"

이 질문에 아주 솔직하게 대답하겠습니다.

이 나라의 변호사 중 99.9퍼센트는 사법정의의 원칙에 헌신하며 양심적이고 정직합니다만, 다른 직업과 마찬가지로 제가 갖고 있는 이 직업에도 아주 많은 것이 걸려 있거나 보상이 적절한 경우 무슨 짓이든 할 수 있는 사람이 소수나마 존재하는 것 같습니다. 로스쿨 시절 교수들은 그런 자들을 '구급차 꽁무니나 쫓아다니는 놈'이라거나 '악덕 변호사'라고 불렀습니다. 안타깝게도 이런 자들은 우리 직업의 가장 낮은 곳에 매달려 있습니다. 그것만으로도 한심한데, 드물게 꼭대기까지 올라오는 자들이 생깁니다. 그렇습니다, 책임과 권한이 아주 큰 자리까지도 올라오는 겁니다.

지난 정부 때 여기 워싱턴에서 발생한 스캔들을 여러분께 다시 일깨워드릴 필요는 없을 겁니다. 제 전임자가 이 땅에서 가장 높은 법원인 미국 대법원의 대법관으로 임명한 법률가가 금전 관련 잘못으로 사퇴하는 수밖에 없었습니다. 모든 점잖은 미국인에게 경악을 안긴 사건이었지만, 당시 이 나라를 휩쓴 도덕적 분노를 지금 다시 일깨우는 것은 이로운 일이 아닌 것 같습니다.

여러분 중에 이 점을 재빨리 지적하는 분도 있을 겁니다. 제 전임자가 임명한 대법관 중 사퇴할 수밖에 없었던 사람이 사실은 **두 명** 아니냐고요. 그러나 그런 사람이 한 명이든, 두 명이든, 세 명이든, 네 명이든, 다섯 명이든, 저는 유권자 여러분이 스스로 지혜를 발휘해서 삼 년 전 내쳐버린 정부의 실수들을, 비록 아주 중대한 실수이기는 해도, 자꾸만 입에 담는 것은 국민 통합에 도움이 되지 않는다고 생각합니다.

과거는 과거입니다. 이것을 저만큼 잘 아는 사람도 없을 겁니다. 만약 이 나라의 최고 법원에 전례 없는 사퇴서를 제출할 수밖에 없었던 그 두 사람의 이름을 제가 여러분께 되새

겨드린다면, 그것은 순전히 여러분의 질문, 즉 "도대체 어떤 변호사가 커트 플러드의 변호를 맡겠습니까?"라는 질문에 솔직하게 대답하기 위해서일 뿐입니다.

대법관 직에서 물러난 그 두 사람은 에이브 포타스 씨와 아서 골드버그 씨입니다. 그리고 미국 국민 여러분, 찰스 커티스 플러드를 변호하는 변호사의 이름은 아서 골드버그입니다. 골-드-버-그.

제가 공연히 국민들에게 충격을 주거나 놀라게 하려 한다는 비난이 날아오기 전에, 말씀드릴 것이 있습니다. 저는 작금의 상황에 전혀 충격을 받지도 놀라지도 않았다는 말씀입니다. 이 나라 최고 법원에서 근무한 경력이 있는 골드버그 씨는 이 나라에서 가장 교활한 변호사 못지않게 법을 속속들이 알고 있을 겁니다. 게다가 자기 직업의 정점에 올랐다가 추락한 사람이 다시 대중의 눈에 들기 위해 거의 무슨 일이든 불사하는 것은 놀랄 일이 아닙니다. 플러드 사건이 매듭지어지기 전에 에이브 포타스 씨가 아서 골드버그 씨와 힘을 합쳐 찰스 커티스 플러드의 변호에 나선다 해도 저는 놀라지 않을 겁니다.

이제 여러분은 이렇게 말씀하실지도 모르겠습니다. "대통령님, 야구를 방사뜨리고 싶어서 그런 변호사들을 동원하는 사람은 법정에서 발언의 기회를 얻을 **자격조차** 없습니다.

그 사람이 우리 사법체계 전체를 조롱거리로 만드는 것만 문제가 아닙니다. 그자가 '체제를 거스를 수 있으려면', 그가 말살해버리려고 하는 바로 그 체제를 지키기 위해 우리 납세자들이 돈을 내야 합니다. 그런 일을 허용한다면, 공산주의자를 자처하는 자들이 학교에서 우리 아이들을 가르치는 일까지 허용하는 것과 다를 바 없습니다. 자유를 위한 싸움에서 당장 무기를 내려놓고 학교와 법원을 민주주의의 적에게 순순히 넘겨주는 것과 다를 바 없습니다."

음, 저도 전적으로 같은 생각입니다. 사실 현재 우리는 이 나라 법원에 과거의 위엄과 장엄함과 신성함을 회복시킬 방법을 연구 중입니다. 아시다시피, 여기 워싱턴에서 '거리의 판사 프로그램' 실험으로 우리는 약간의 성공을 거뒀습니다. 중범죄와 경범죄는 물론 사형선고가 가능한 범죄에 대해서도 범행이 이루어진 현장 또는 범행이 이루어진 것으로 보이는 현장에서 즉시 선고와 처벌을 진행하는 프로그램입니다. 사법절차를 촉진하는 다른 관련 방법들과 더불어 이 프로그램을 통해 법원의 사건 적체를 풀어줄 뿐만 아니라 1972년 선거 날까지 재판 시스템 전체를 서서히 축소할 수 있기를 바랍니다.

재판 시스템을 축소하는 것은 우리 재판관들의 품위에 당연히 큰 도움이 될 겁니다. 국민 중 가장 바람직하지 않은

자들을 상대하며 자신의 품위를 깎아내리는 일을 더 이상 할
필요가 없을 테니까요. 현재 무시무시한 과로에 시달리고 있
는 재판관들은 일단 재판 시스템이 완전히 사라지고 나면 어
떤 사람과도 상대할 필요가 없을 겁니다. 그러면 사법적인 지
혜를 높은 수준으로 유지하는 데 아주 필수적인 사색과 독서
에 시간을 자유로이 할애할 수 있겠죠.

고풍스럽고 느린 재판 시스템 대신 현대적인 방법을 시
행할 때 얻을 수 있는 두 번째 혜택은, 이 나라의 법원이 다시
아이들에게 훌륭한 영감을 주는 견학 장소가 될 것이라는 점
입니다. 자라나는 아이들이 그 눈과 귀에 부적절하거나 마음
을 어지럽히는 일을 목격할까 봐 걱정할 필요 없이, 학부모들
이 법원 견학에 아이들을 보낼 수 있는 날이 벌써 눈에 보이
는 듯합니다. 학교에 다니는 아이들뿐만 아니라 아기를 안은
어머니들도 사법의 전당에서 복도를 거닐며 멋진 검은색 법
복을 입은 재판관이 시간을 잡아먹는 재판의 부담에서 벗어
나, 사색과 법전 읽기를 통해 수많은 세월을 거쳐 온 지혜를
수집하는 모습을 지켜보게 되는 날이 벌써 눈에 보이는 듯합
니다. 학교에 다니는 아이들과 아기를 안은 어머니들이 마치
진짜 재판이 진행 중인 것처럼 배심원석에 앉아, 앵글로색슨
시대로부터 ㄱ 영광된 모습을 간직한 채 우리에게까지 내려
온 사법 전통의 그 고풍스럽고 위풍당당한 모습을 직접 경험

하는 날이 벌써 눈에 보이는 듯합니다.

하지만 이전 정부와 그 이전의 35개 정부로부터 물려받은 엉망진창 사법부를 우리가 하루아침에 어떻게 할 수는 없습니다. 따라서 이 나라에 수많은 비용과 혼란을 발생시킨 재판 시스템을 서서히 축소하는 와중에 우리는 찰스 커티스 플러드와 그의 변호인단 같은 자들을 여전히 법정에서 상대해야 합니다.

다행히 두 재판부가 야구라는 스포츠를 파괴하려는 찰스 커티스 플러드에게 이미 **불리한** 판결을 내렸습니다. 우리 정부의 재임 기간에 나온 이 판결은 최근 존 랜슬롯 시장이 이끄는 뉴욕 시에서 블랙팬서 당원 열세 명을 석방하라는 평결이 나온 것에 실망한 대중의 자신감을 회복시키는 데 틀림없이 많은 영향을 미쳤을 겁니다.

물론 저는 뉴욕 시장에게 시 정부를 어떻게 운영해야 한다고 말할 권리가 없습니다. 시장이 제게 이 나라나 세계를 어떻게 운영해야 한다고 말할 권리가 없는 것과 마찬가지죠. 하지만 이 말만은 솔직하게 꼭 해야겠습니다. 저도 대다수의 미국 국민과 마찬가지로 그 평결에 한 번, 그리고 그 평결에 따라 블랙팬서 당원 열세 명에게 뉴욕에서 다시 정치 활동을 허락하기로 한 랜슬롯 시장의 결정에 또 한 번 화들짝 놀랐습니다. 대통령으로서 제가 할 수 있는 말은, 이 사건이 전국의 다른 도시에 무죄로 방면된 사람들을 어떻게 대해야 할지 보여주는 사례가 되지 않을 것이라 믿는다는 말뿐입니다.

만약 뉴욕 시장이 제 입장이었다면 찰스 커티스 플러드에 관한 한 주저 없이 불간섭주의를 선언했을 것을 저는 추호도 의심하지 않습니다. 스스로 블랙팬서 당원이라고 자백한 자들이 거리를 마음대로 활보하게 되는 바람에 우리 아내와 딸들의 안전을 보장할 수 없게 된 마당에, 블랙팬서라고 자백하지 **않은** 사람에게 굳이 정의를 실현할 필요가 없지 않겠습니까? 만약 다른 누군가가 제 입장이 되더라도 이런 논리를 따를 것 같습니다.

하지만 지금 이 자리에는 제가 있고, 저는 정당하게 선출된 미국 대통령입니다. 따라서 어떤 도망자든 어화둥둥 떠받들어주는 일은 없을 것이라고 분명히 말씀드립니다. 이번 도망자는 야구라는 스포츠와 이 나라의 청소년들을 망가뜨리려다가 법원에 의해 두 번 저지당한 뒤 체제를 따르는 삶과 법과 질서에 신물이 난다는 결론을 내렸습니다. 우리가 상상할 수 있는 가장 음험한 수단으로, 산전수전 다 겪은 마약 밀매자나 혐오스럽기 그지없는 포르노 업자조차 따라갈 수 없는 무모함과 사악함으로 이 나라의 청소년들을 망가뜨리고 타락시키려 나선 자를 떠받들어수는 일은 없을 겁니다.

찰스 커티스 플러드가 미국을 파괴하려는 계획을 품고

주의를 돌린 대상은 방탕하고 방종한 응석받이 대학생들이 아니었습니다. 그가 학교 중퇴자, 히피, 국기를 더럽히는 좌파에게 폭력을 촉구한 것도 아니었습니다.

그렇다면 그가 과연 누구를 타락시키고자 한 건지 궁금할 겁니다. 국민 여러분, 그 대상은 바로 미국의 보이스카우트입니다. 찰스 커티스 플러드는 그들에게 폭동을 선동하고 도덕을 망가뜨리기만 한 것이 아닙니다. 어제 이곳 워싱턴에서 벌어진 비극을 향해 보이스카우트들을 정면으로 몰고 간 사람이 바로 플러드였다는 점이 더욱 참담합니다.

대다수 미국 국민은 우리 군대의 용감한 전사들이 외국이 아니라 워싱턴 거리로 불려 나와 목숨을 걸고 싸우는 상황이 어느 모로 보나 비극이라는 말에 틀림없이 동의할 겁니다. 그런데 바로 그런 일이 이 나라의 수도에서 일어났습니다. 길고 긴 낮과 밤에 우리 용감한 군인들은 장전된 라이플, 총검, 최루탄, 방독면으로만 무장하고 거의 1만 명을 헤아리는 보이스카우트 폭도 무리와 마주했습니다.

이제는 여러분도 그 1만 명의 보이스카우트들이 이 나라 수도의 거리에서 부르고 외치던 노래와 구호의 본질을 모두 알고 계실 겁니다. 그들이 텔레비전 카메라 앞에서 흔들어대던 플래카드도 이미 여러분에게 친숙해졌을 겁니다. 저는 그들이 사용한 포스터의 구호들을 여러분에게 다시 들려드릴 생각이 없습니다. 그냥 그들이 찰스 커티스 플러드의 말과 이득을 제대로 표현했다고 말하는 정도로 충분할 겁니다. 플러드 자신이 쓴 글에 따르면, 그가 가장 좋아하는 도시는 세계의 포르노 수도인 덴마크 코펜하겐이라고 합니다.

그 포스터들은 현재 FBI의 손에 있습니다. 그곳 감식 전문가들이 이미 모든 포스터의 지문을 힘들게 따는 작업과, 개별 포스터에 인쇄된 외설적인 구절들과 그 포스터를 들고 있던 보이스카우트 단원의 혈액형 사이에 상관관계가 있는지 알아보기 위한 혈액검사를 시행하고 있습니다. 만약 그 둘 사이의 상관관계가 적절히 정확하게 확립된다면, 그렇게 될 수 있을 것이라고 생각합니다만, 그렇게 된다면 법 집행 기관들에 틀림없이 큰 도움이 될 겁니다. '예방적 구금' 프로그램에 따라, 우리는 이번 일과 같은 시위가 시작되기도 **전에** 의심스러운 혈액형을 지닌 자들을 잡아들여, 그들이 공동체의 품위 기준, 대다수 미국 국민이 신성하게 여기는 일상적인 예의와 양식을 침해하지 않게 예방할 수 있을 겁니다.

여러분도 신문 헤드라인을 통해 모두 알고 계시겠지만, 이틀 동안 워싱턴에 모여 소란을 피우며 우리 용감한 전사들의 목숨을 위협한 약 1만 명의 보이스카우트 중 딱 세 명을 법과 질서 유지를 위해 죽일 수밖에 없었습니다. 하루에 1.5

명 꼴인데, 그 덕분에 첫날 9998.5명이 하루를 온전히 활기차게 살 수 있었고 둘째 날에는 9997명이 그런 삶을 누릴 수 있었습니다.

그렇다면 어떤 기준으로 보더라도, 이런 위기 상황에서 사망률 0.0003이라는 숫자는 우리 군인들에게 끔찍한 비극이 될 수도 있었던 일 앞에서 우리가 엄청난 자제력을 발휘했다는 놀라운 증거입니다. 저처럼 유혈을 싫어하는 모든 사람에게 반드시 위안이 될 것이고, 폭력을 저지른 것은 보이스카우트가 아니라 군대였다는 사악한 주장이 거짓임을 단박에 밝혀줄 겁니다. 반면 둘째 날이 저물 때까지 실제로 보이스카우트 세 명이 사망했다는 사실은 우리가 엄청난 자제력과 균형을 이루기 위해 항상 꼭 필요한 만큼 단호한 조치를 취한다는 점을 잘 보여준다고 생각합니다.

물론 대다수 미국 국민들은 소리 높여 트집을 잡고 비판을 일삼는 소수가 항상 존재한다는 사실을 알 겁니다. 우리가 이런 종류의 시민 소요를 대할 때 자제력과 단호함의 균형을 아무리 완벽하게 맞추더라도, 그런 사람들은 결코 만족할 줄을 모릅니다. 이틀 동안 죽은 사람이 단 한 명뿐이라도, 그러니까 하루에 겨우 0.5명만 죽더라도, 이틀 동안 가벼운 **장애**를 입은 사람이 단 한 명뿐이라도, 그 비판자들은 떠들어대기 시작할 겁니다. 우리의 용감한 군인 수만 명이 압도적인 위험에 직면한 것이 아니라 고작 1만 명 중 한 명이 장애인이 된 것이 비극이라는 듯이. 심지어 그 사람은 이 도시 사람도 아닐 가능성이 아주 높습니다. 우리의 용감한 병사들과 달리 그 사람은 자기 집에 가만히 있기만 했다면 피해를 입지 않았을 텐데요.

이렇게 소리 높여 비판하는 소수에게 한 가지 분명히 해 둘 것이 있습니다.

저도 여기 워싱턴에서 목숨을 잃은 보이스카우트 세 명의 가족에게 깊은 안타까움을 느끼고 있습니다. 저도 자식을 키우고 있으니, 남자의 사회생활에 자식이 때로 얼마나 중요한지 아주 잘 알지요. 참고로 아내도 중요합니다. 사실 제 아내와 저와 우리의 훌륭한 자식들은 여기서 목숨을 잃은 세 명보다 훨씬 더 많은 사람을 위한 애도 메시지를 준비했습니다. 언제라도 즉시 메시지를 보낼 준비가 되어 있었죠. 위기 상황 내내 저는 여기 워싱턴의 시신 안치소와 특별 '핫라인'으로 계속 연락을 주고받았습니다. 원래 전국의 시신 안치소들과 저는 그렇게 연결되어 있습니다. 만약 애도의 메시지를 3건이 아니라 3000건쯤 발송해야 하는 일이 생겼더라도, 제 가족들과 저는 틀림없이 시신이 차갑게 식기도 전에 여기 백악관에서 애노의 발을 발송할 수 있었을 겁니다. 제 아내와 제 딸들이 우리만큼 행운을 누리지 못한 희생자 가족들이 어려운 때에 조금이라도 위안을 느낄 수 있도록 밤늦게까지 일할 준비가 되어 있었다고 자랑스럽게 말할 수 있습니다. 크리스마스가 다가올 때도 우리는 그분들을 잊지 않을 겁니다.

그러나 오해하면 안 되는 것이 하나 있습니다. 무고한 가족들에게 연민의 정을 표시하는 데에 제가 아주 재빠른 것처럼, 분명히 잘못을 저지른 그 보이스카우트 세 명을 비난하는 데에도 똑같이 신속하다는 점입니다. 제가 '잘못을 저지른'이라고 말한 것은, 만약 그들에게 잘못이 없었다면 죽지 않았을 것이기 때문입니다. 우리가 살고 있는 이 나라는 그런 곳입니다.

보이스카우트 소요를 옹호하며, 잘못을 저지른 세 보이스카우트 중 한 명은 이글스카우트였지만 나머지 두 명은 '고작' 신입 대원에 불과했다는 지적으로 그들에 대한 동정을 불러일으키려고 시도한 자들이 있는 것을 압니다. 누가 다그쳐 묻는다면, 그들은 이글스카우트가 고도의 훈련을 받은 청소년으로 보이스카우트의 조직 내에서 핵심적인 자리에 올라가기 위해 통달한 다양한 생존 전술 덕분에 게릴라 폭도로 기능할 수 있다는 점을 인정할 겁니다. 그러면서 신입 대원 두 명은 다르지 않느냐고 묻습니다. 어린 신입 대원 두 명이 국가 안보에 심각한 위협이 되면 얼마나 된다고 그렇게 죽여버렸는가?

그 대답으로 제가 보여드릴 것이 있습니다, 국민 여러분. FBI, 비밀 경호국, CIA, 군사경찰, 해안순찰대, 법무장관실, 국회 경비대, 컬럼비아 특별구 경찰청뿐만 아니라 정직하고 철저한 수사를 위해 전국에서 소집된 법 집행 기관 구성원들이 '어린 신입 대원 두 명'의 시신을 수색했을 때 그들의 허리띠에 매달린 상태로 숨겨져 있던 무기입니다.

카리스마 대통령의 암살범 리 하비 오즈월드, 제가 아까 제임스 얼 레이 및 찰스 커티스 플러드와 관련해서 언급했던 그 인물이 시카고의 어느 우편주문 업체에서 이탈리아제 6.5밀리미터 카빈소총을 12달러 78센트에 구입했다는 사실을 우리 모두 슬픈 마음으로 기억하고 있을 겁니다. 우편주문 카탈로그에서 그 소총은 제가 곧 여러분께 보여드릴 무기에 비해 딱히 더 정교해 보이지 않았을 겁니다. 역사의 방향을 바꿀 능력이 더 뛰어난 것 같지도 않았겠죠. 하지만 그 무기가 카리스마 대통령과 저의 경력에 어떤 영향을 미쳤는지 우리 모두 영원히 잊지 못할 겁니다. 제가 지금 오른손에 들고 있는 이 물건이 많은 국민 눈에는 우편주문 카탈로그에 실려 있던 그 12달러 78센트짜리 소총과 마찬가지로 아주 무해하게 보일 겁니다. 그래도 절대 속으면 안 됩니다. 이 물건은 그 소총보다 뛰어나지는 않을망정, 최소한 그 소총만큼의 능력은 갖고 있습니다.

첫째, 카리스마 대통령의 정치 경력을 파괴해버린 그 소총의 전체 길이는 약 101센티미터였던 반면, 지금 제가 손에 들고 있는 이 칼의 길이는 칼집을 씌운 상태에서 11.7센티미터밖에 안 됩니다. 그러니 공공장소에서 사용하기에 이상적인 무기입니다. 101센티미터 길이의 소총이라면 스쿨버스나 슈퍼마켓처럼 여러분이 평범한 일상을 보내는 수많은 장소에서 의심을 살 수 있는데 말이죠.

둘째, 이것은 평범한 소총보다 훨씬 더 잔인한 무기입니다. 또한 말할 필요도 없이 인도적인 측면에서는 핵폭탄은 고사하고 453킬로그램짜리 간단한 폭탄과 비교가 안 됩니다. 퀘이커교를 믿는 집안에서 자란 사람으로서 저는 아시다시피 인도적인 측면에 특히 관심이 많습니다. 그래서 취임한 뒤로, 우리를 세계 제일로 만들어줄 무기 체계를 확립할 예산을 의회에서 승인받으려고 최선을 다했습니다. 우리처럼 과학과 기술이 발달한 나라가 지금까지는 자다가 숨을 거두는 소수의 행운아들만 누릴 수 있었던 편안함, 즉 자기도 모르는 사이에 이승에서 저승으로 옮겨가는 편안함을 이 지구상의 모든 남녀노소에게 보장해줄 수 있을 만큼 즉각적이고 절대적인 파괴력을 지닌 무기를 개발하지 못할 이유가 없습니다. 사람들은 기억할 수도 없는 먼 옛날부터 그런 죽음을 꿈꿔왔습니다. 그러니 트릭 E. 딕슨이 도덕과 영적인 이상주의 결핍으로 그런 꿈에 주의를 돌리지 않았다는 기록이 남게 하지는 않겠습니다.

하지만 국민 여러분께 한 가지 묻겠습니다. 제가 손에 들고 있는 이 칼에 희생된 사람들이 경험한 죽음만큼, 우리 정부가 여러분 모두를 위해 실현하려고 열심히 애쓰고 있는 그 고통 없는 죽음과 거리가 먼 것이 또 있을까요? 이렇게 작은 무기로 누군가를 죽이려면 기가 막힐 정도로 고통스럽게 칼에 찔리는 경험을 무려 5번에서 10번까지도 안겨줘야 할 뿐만 아니라, 이 목적을 달성하기 위해 살인자는 반드시 상대를 죽이겠다는 냉혹한 결의와 지속적인 잔인함을 보여주어야 합니다. 분명히 말씀드리지만, 여러분과 저뿐만 아니라 전투에 단련된 B-52 폭격기 조종사도 그런 결의와 잔인함 앞에서 충격과 경악을 느낄 겁니다.

그들이 그런 잔인함을 어떻게 오래 유지하는지도 말씀드리겠습니다. 베트남에서 활약한 우리 조종사들은 최대한 빠르고 철저하게 임무를 완수하는 데에서만 만족감을 느꼈고, 폭격에 맞아 즉사하지 않은 사람들의 비명과 신음에는 전혀 관심이 없었습니다. 그러나 이런 무기를 사용하는 사람들은 자신에게 희생된 사람들에게서 피가 흘러나오는 광경을 **즐기는** 확실한 사디스트입니다. 부언하자면 그들은 육체적인 고통을 느끼는 사람의 비명을 듣는 것도 즐깁니다. 그렇지 않고

서야 우리 조종사들이 찰나의 순간에 신음과 낭자한 유혈 없이 해낼 수 있는 일을 성취하는 데 삼십 분이나 걸리는 무기를 왜 사용하겠습니까?

이제 이 칼을 자세히 살펴보겠습니다. 칼날을 하나하나 펼쳐서, 각각의 목적과 기능을 여러분께 설명할 겁니다. 길이가 11.7센티미터밖에 안 되는 외관에 홀려서, 그저 살해를 목적으로 설계된 도구일 뿐이라고 생각하시면 안 됩니다. 전세계의 게릴라 혁명가들이 들고 다니는 수많은 무기가 그렇듯이 이 칼에도 다양한 용도가 있으며, 고통스럽고 가학적인 살해 방식은 그 용도 중 하나에 불과합니다.

먼저 네 개의 칼날 중 가장 작은 것부터 시작하겠습니다. 이런 무기를 사용하는 사람들의 표현에 따르면 이것은 '병따개'입니다. 여기에 어쩌다 그런 이름이 붙었는지 곧 설명하겠습니다. 잘 보시면 끝부분이 갈고리처럼 생겼고, 길이는 2.8센티미터입니다. 이것은 심문 중에 주로 포로의 눈을 파낼 때 사용하는 무기입니다. 발바닥에 사용할 때도 있는데, 여기 갈고리 끝부분으로 발바닥 피부를 가릅니다. 자백하지 않는 포로의 입안에 이것을 집어넣어 후두의 윗부분, 성대 사이의 살을 가르기도 합니다. 여기에 나 있는 구멍을 '성문聲門, glottis'이라고 하는데, '병따개'라는 이름은 '성문 따개'에서 유래한 겁니다. 이 칼날을 가장 냉혹하게 사용하던 사람들이 붙여준 애칭이죠.

그다음 두 번째 칼날은 길이가 4.4센티미터인데, 끝으로 갈수록 뾰족해지는 모양이라 여러분 눈에는 미니 총검처럼 보일 것 같습니다. 외관에 속으면 안 됩니다. 우리 용감한 군인들이 이틀에 걸친 보이스카우트 소요 중에 자기 방어를 위해 소총에 꽂을 수밖에 없었던 그 총검과는 전혀 상관없는 무기니까요. 이 작은 칼날은 '가죽 펀치'라고 불리며, 자기방어 수단과는 거리가 멉니다. 이것 역시 병따개와 비슷한 고문 도구예요. 이름에서 짐작할 수 있듯이, 이 칼날은 인간의 살, 즉 적을 그냥 짐승으로 보는 혁명가들이 '가죽'이라고 부르는 인간의 살에 구멍을 뚫는 데 사용됩니다. 영화 〈최고의 이야기〉에서 못이 예수의 손바닥에 박히는 것과 비슷하게, 이 칼날이 사람의 손바닥에 박힐 때가 가장 많다는 사실이 여러분에게는 그리 놀랍지 않을 겁니다.

이제 세 번째 칼날로 넘어가서, 가죽 펀치보다 0.3센티미터 더 긴 이 칼날은 폭이 더 넓고 끝이 덜 뾰족합니다. 이름은 '스크루드라이버'입니다. 전통적으로 이 칼날은 손톱 밑 틈새에 밀어 넣어서 빙글빙글 돌리는 방식으로 사용됩니다. 그러나 신체에 난 구멍들, 제가 전국적인 텔레비전 방송에서 언급할 수 있는 구멍은 귓구멍과 콧구멍밖에 없습니다만, 하여튼 그런 구멍 안으로 이 스크루드라이버가 들어가는 경우도 있다는 사실이 정보 보고서에 적혀 있었습니다. 저의 정적 중에는 다르게 생각하는 사람들도 있겠습니다만, 물론 그분들은 얼마든지 제게 동의하지 않을 권리가 있습니다. 어쨌든 저는 의견을 강하게 표현하기 위해 나쁜 단어를 쓸 필요가 있다고 생각한 적이 한 번도 없습니다. 그러니 국민들을 상대로 중요한 연설을 하는 마당에 갑자기 그런 전술에 의지할 생각은 없습니다.

네 개의 칼날 중 마지막 것은 아마 여러분이 악몽을 꿀 때 가장 친숙하게 나타나는 물건일 겁니다. 길이 7센티미터, 가장 넓은 지점의 폭이 1.4센티미터인 이 칼의 날이 얼마나 예리한지 이 종이를 이용해서 여러분께 보여드리겠습니다.

부연하자면, 여기에 인쇄된 글이 헌법 전문前文, 권리장전, 자주 인용되고 많은 사랑을 받는 십계명인 것은 우연이 아닙니다. 여러분 모두 기억하시겠지만, 이 십계명은 훌륭한 영적인 가치를 지닌 또 다른 영화에 훌륭한 영감과 배경을 제공했습니다. 대다수 미국인 가정이 저희 가족들만큼 그 영화를 즐겁게 보셨을 것이라고 확신합니다. 이 종이에 인쇄된 글(종이 클로즈업)이 우리가 이 나라의 국민으로서 소중히 믿는 모든 것이라고 말한다 해도 사실에서 크게 벗어난 말은 아닐 겁니다.

여러분과 제가 소중히 여기는 모든 것에 이 칼날이 고작 몇 초 만에 무슨 짓을 할 수 있는지 보여드릴 테니 잘 보시기 바랍니다.

(그가 종이를 2.5센티미터 폭으로 길게 잘라 시청자들이 볼 수 있게 들어 올린다)

물론 이런 칼로 사과를 깎을 수도 있습니다. 감자튀김을 위해 감자를 자를 수도 있고, 샐러드에 넣을 오이, 무, 토마토, 양파, 셀러리를 썰 수도 있습니다. 사망한 세 보이스카우트 단원의 결백을 증명하고 싶어 하는 사람들이라면, 그들이 제가 방금 설명한 것과 같은 맛있는 샐러드를 만들려고 이 무기를 허리띠에 몰래 매달고 수백 킬로미터를 달려 이 나라 수도까지 왔을 뿐이라고 주장할 겁니다. 칼을 소지한 보이스카우트든 열성적인 빨갱이든, 그들을 변호해주려고 달려오는 소수의 사람이 항상 있는 것 같습니다.

미국 국민 여러분, 저는 그런 사람들이 아니라 여러분께 결정을 맡기고 싶습니다. 칼날 네 개를 모두 펼친 이 칼, 십자가 처형과 그 이상을 연상시키는 육체적 고통을 가할 수 있는 이 칼날들을 보십시오. 네 개의 날이 달린 이 고문 도구를 보십시오. 이 칼날 중 **하나**만으로도 헌법 전문, 권리장전, 그리고 소중한 십계명에 어떤 짓을 할 수 있었는지 보십시오. 이런 칼을 들고 이 나라의 수도로 들이온 보이스카우트 세 명을 변호할 수 있는 말이 있는지 여러분에게 묻습니다.

한편 그와 관련해서, 이틀 동안 워싱턴에서 허리띠에 무기를 숨겨 갖고 있던 사람은 보이스카우트 세 명만이 아니었습니다. 그들은 우리가 어쩌다 보니 죽이게 된 세 명이었을 뿐입니다. 총 8463개의 칼, 각각 지금 이 칼과 아주 세세한 부분까지 비슷한 칼들이 그 이틀 동안 몰수되었습니다. 다시 말해서, 총 33852개의 칼날이, 즉 메릴랜드 주 체비체이스의 모든 주민, 여자와 아이까지 포함된 모든 주민을 동시에 고문할 수 있을 만큼 많은 칼날이 있었다는 뜻입니다.

이제 여러분은 이런 의문이 들 겁니다. 체비체이스에서 그런 유혈 참사가 일어나는 걸 어떻게 우리가 막은 거지? 총에 맞지 않은 보이스카우트 단원들을 위해 격리된 캠핑장을 만든 것이 답이었습니다. 먹을 것과 잘 곳이 없는 황무지에서 밤을 보내며 보이스카우트로서 자신의 능력을 시험할 기회를 줘서, 그들이 폭력과 법률 위반에 주의를 돌리지 못하게 한 것이 답이었습니다.

여러분께 말씀드릴 것이 있습니다. 우리가 일단 그 청년들을 길거리에서 거친 캠핑 환경으로 데려온 뒤, 여기서 그 청년들을 모두 데려오는 일에 손을 보태겠다고 자진해서 나선 경찰에게 감사를 표합니다. 어쨌든 그 뒤 그 청년들이 모든 면에서 그들의 유명한 좌우명인 '항상 준비하라'에 걸맞은 사람임을 보여준 것에는 이 나라의 스카우트 운동이 세운 공이 아주 큽니다.

그들이 성취한 일을 몇 가지만 살펴볼까요?

첫째, 화장실 시설이 없는 곳에서 그들은 자신의 배설물과 뒤처리에 사용한 나뭇잎들을 놀라운 방식으로 처리했습니다.

그다음으로는 수통에 얼마 남지 않은 물을 서로 나누는 방식이 아주 감탄스러웠습니다. 거의 1만 명이나 되는 청년 중 단 한 명도 갈증으로 사망하지 않았다는 사실로 미루어볼 때 그런 것 같습니다. 그들은 또한 캠핑장의 연못 물을 마시는 실수를 저지르지 않았습니다. 심지어 감히 연못에 들어가 몸을 씻는 사람도 없었습니다. 하수도에서 흘러나온 폐수가 한 곳에 고여 있을 때의 위험징후를 그만큼 잘 알고 있었던 겁니다.

보이스카우트 훈련에 대해 아는 사람이라면, 그들이 스카프를 지혈대로 사용할 수 있음을 알 것입니다. 그러나 덩굴과 나뭇가지, 그리고 갈기갈기 찢은 셔츠로 부목을 만드는 데 그렇게 거의 전문가 같은 솜씨를 보여줄 줄은 몰랐습니다.

식사에 대해서는, 음, 아침 무렵까지 그들이 먹을 수 있는 뿌리와 열매를 찾아냈다고 말할 수 있어서 자랑스럽습니다. 우리는 그런 것들이 거기 있는 줄도 몰랐습니다. 불을 피우는 문제와 관련해서는, 여러분이 예상하시듯이, 나무막대 두 개를 서로 비비는 고전적인 보이스카우트 방식으로 그들이 밤새 여러 개의 모닥불을 피우는 데 성공했습니다.

전체적으로 봤을 때 메릴랜드 주 체비체이스의 시민들이 악몽 같은 일을 겪을 뻔했으나, 우리는 그것을 그 청년들을 위한 놀라운 캠핑 경험으로 바꿔놓았습니다. 그들도 앞으로 오랫동안 그 경험을 잊지 못할 겁니다. 아침에 경찰 승합차가 그들을 데려가려고 왔을 때, 캠핑장을 떠나지 않으려 한 청년이 많았다고 알고 있습니다. 어떤 청년들은 병원 치료, 변호사, 전화, 음식 같은 문명의 '편안함'과 멀리 떨어져 별빛 아래에서 하룻밤을 더 보내고 싶다는 생각이 너무나 강렬했기 때문에, 경찰이 달아나는 그들을 쫓아가 문자 그대로 끌어내다시피 차에 태워야 했습니다. 우리 젊은이들이 '야생을 경험'할 수 있는 기회가 점점 줄어들고 있는 상황에서, 우리 정부는 지난밤 그 젊은이들에게 그런 기회를 제공해줄 수 있었다는 점에 당연히 자부심을 느끼고 있습니다. 게다가 우리는 혹시 그들이 다시 워싱턴에 오는 경우 똑같은 시설 또는 가능하다면 그보다 더 원시적인 시설까지도 제공해주기 위해 모든 노력을 마다하지 않겠다고 단단히 약속해주었습니다.

이제 전국의 국민 여러분은 제가 왜 보이스카우트들에게 그토록 너그러운 제안을 했는지 궁금하실 겁니다. 캠핑장에서 그들이 보인 행동을 제가 왜 칭찬하고 있을까요? 그 젊은

이들을 기꺼이 용서하고, 그들이 품위 있게 인생을 시작할 수 있는 기회를 한 번 더 주려고 하는 이유가 뭘까요? 여기 수도의 거리에서 스카우트 단원들이 피켓을 흔드는 광경을 본 국민들은 저야말로 그 1만 명의 보이스카우트 단원들에게 불만을 품을 권리가 있다고 생각하실 겁니다. 그 피켓에는 저뿐만 아니라 심지어 아무 죄도 없는 제 가족들까지 모욕하는 불쾌한 말이 적혀 있었으니까요. 특히 죽은 그 세 명은 자신의 행동에 책임을 지고 저를 찾아와 제 이름을 더럽히려 한 것에 대해 사과할 수 없게 되었으니 더욱 그렇죠. 그들의 피켓 때문에 가장 큰 피해를 입은 것이 바로 저의 정치 경력인데 제가 왜 이렇게 연민과 자비, 너그러움과 현명함을 보여주는지 여러분은 궁금하실 겁니다.

현명하고 좋은 의문입니다. 제가 가능한 한 가장 솔직하게 그 의문에 답해보겠습니다.

미국 국민 여러분, 답은 아주 간단합니다. (스펀지로 윗입술을 재빨리 닦고는 가슴 주머니에 스펀지를 넣는다) 열두 살, 열세 살짜리 아이들에게 앙심을 품느니 차라리 재선에 실패하는 편이 낫다고 생각하기 때문입니다. 물론 다른 사람 같으면 이 아이들에 대한 복수를 정치적 자산으로 삼으려 할지도 모릅니다. 아이들을 가리켜 깡패니 불한당이니 썩은 사과니 하는 말을 늘어놓겠죠. 하지만 저는 아무래도 그런 짓을 하기에는 마음이 너무 넓은 것 같습니다. 제가 생각하기에 이 아이들은 이미 교훈을 얻었습니다. 캠핑장에서 그 점을 증명했죠. 그건 죽은 보이스카우트 세 명의 경우에도 마찬가지입니다. 그 세 명이 비록 저를 찾아와 사과하지 않았어도, 제게 있어 과거는 과거일 뿐입니다, 저는 모든 것을 기꺼이 잊고 용서할 용의가 있습니다. 그렇다고 오해하시면 안 됩니다. 저는 응석을 받아 주는 것에 강력히 반대하는 만큼, 앙심을 품고 복수에 나서는 것에도 역시 강력히 반대할 뿐입니다. 범죄를 저지른 자가 즐겁게 자기 길을 가게 내버려두자는 자유주의 철학에 찬성하지 않는 만큼, 잘못을 저지른 자를 지나치게 처벌해서도 안 된다는 것이 제 생각입니다.

하지만 이보다 훨씬 더 중요한 것은, 우리가 증상 중 하나만 치료해서는 병 자체를 완전히 치료할 수 없을 것 같다는 점입니다. 그보다는 반드시 병의 원인을 파고들어야 합니다. 미국이 겪고 있는 문제들의 원인이 미국 보이스카우트가 아니라는 점은 여러분도 저만큼 잘 알고 계실 겁니다. 보이스카우트를 탓하는 주장을 믿을 사람은 아무도 없겠죠. 그래서 제가 그런 주장을 시도하려 하지도 않는 겁니다.

이 말을 들으면 아마 여러분 모두 안도하실 것 같은데, 미국의 보이스카우트는 여러분이나 저와 마찬가지로 잘못이 없습니다. 그들은 소수의 열성적인 불평분자와 혁명가 무리의 먹잇감이 된 미국 청소년 집단 중 하나일 뿐입니다. 불평분자와 혁명가 무리는 우리의 가장 중요한 천연자원, 즉 이 나라의 훌륭한 청소년들을 파괴해 이 나라 전체를 파괴하려고 나선 자들입니다. 우리는 모두 한 마음으로 암에 반대합니다. 민주당 지지자와 공화당 지지자의 구분이 없죠. 우리가 몸에서 암 덩어리를 잘라낼 때처럼 최대한 빠르고 철저하게 이런 오염원을 사회에서 잘라내지 않는다면, 심지어 보이스카우트에까지 퍼진 이 질병은 더욱더 독해져서 이 나라의 모든 어린이를 감염시킬 겁니다. 여러분의 자식들도 거기 포함될 테고요. 이 나라의 대통령으로서 저는 이 나라의 어린이들이 암, 백혈병 등으로 쓰러지는 것을 한가로이 지켜보기만 할 생각이 없습니다. 근이영양증도 여기에 추가해야겠군요.

문제는 미국의 보이스카우트가 아니라 그들을 선동해 이렇게 폭동을 일으키게 만든 자입니다. 아이들의 도덕에 손을 댄 그 자는 이 나라의 젊은이들을 타락시키려 하는 모든 자에게 적용되는 처벌을 반드시 받아야 합니다. 미국 국민 여러분, 그자는 덴마크의 친포르노 정부가 현재 피난처를 제공해주고 있는 바로 그 도망자입니다.

전국적으로 방송되는 텔레비전에서 법무부와 FBI가 지금까지 수집한 압도적인 증거를 누실할 수는 없습니다. 찰스 커티스 플러드와 보이스카우트 소요가 연결되어 있음을 보여주는 증거들입니다. 그러나 메이저리그 야구선수들이 이 나라 소년들의 마음과 정신에 얼마나 엄청난 영향을 미치는지 여러분도 잘 아실 겁니다. 어렸을 때 위대한 야구선수들을 우상처럼 숭배했던 기억이 있는 사람이라면, 찰스 커티스 플러드가 자신의 파괴적인 목적을 위해 어떻게 소년들을 잘못된 길로 이끌어 이용했는지 상상하는 데 굳이 증거가 **필요하지도** 않을 겁니다.

플러드의 죄를 증명하는 증거에 대해 제가 오늘 밤 여러분께 드릴 수 있는 말씀은 여기까지인 것 같습니다. 한때 법조인이었던 사람으로서, 저는 모든 피고인이 마땅히 누려야 할 헌법상의 권리에 특히 민감합니다. 또한 전국적으로 방송되는 텔레비전에서 이 도망자를 재판하는 것처럼 굴 생각도 없습니다. 자칫 유죄판결이 나오지 않을 수도 있으니까요. 그자는 비록 죄를 저질렀지만, 일단 미국으로 돌아오면 공정한 재판을 받을 권리를 누릴 겁니다. 그리고 미합중국 대통령처럼 존귀한 인물 때문에 배심원들이 미리 선입견을 갖게 되는 일도 없을 겁니다.

여러분의 대통령으로서 지금 제 임무는 제 권한으로 시행할 수 있는 모든 방법을 동원해서, 법을 피해 도망친 이 자가 우리 땅으로 다시 돌아오게 만드는 것입니다. 물론 플러드가 덴마크라는 피난처를 자발적으로 떠날 것 같지는 않습니다. 우리와는 아주 다른 관습을 지닌 그 나라에서 그런 자가 자유로이 추구할 수 있는 쾌락을 생각하면 말이죠. 플러드가 그런 쾌락에서 스스로 벗어나 자신의 사악한 행동이 낳은 결과와 대면할 수 없는 인물이라면, 덴마크의 친포르노 정부 또한 범죄인 송환을 위해 그를 강제로 당국에 출두시키려는 조치를 취한 적이 없습니다. 오히려 덴마크 정부는 우리의 정당한 요구를 모조리 즉각적으로 거부해버렸습니다. 미국 육군이 그 나라의 국경에 대거 배치되고, 미국 해군이 그들의 해안을 봉쇄하고, 미국 해병대가 '햄릿의 성'을 단단히 장악하고 있는 지금도 덴마크 정부는 전세계의 포르노 제작자들과 더러운 상인들에게 해주듯이 그에게도 법을 피할 수 있는 피난처를 제공하고 있습니다.

미국의 힘과 권위가 이토록 심하게 무시당하는 상황에서, 대다수 미국인은 제가 우리 군대를 덴마크 영토로 진입시켜 D.A.R.을 자유선거로 선출된 덴마크 정부로 세울 수밖에 없다는 데에 동의하실 겁니다. 그러나 저는 여러분께 이런 말씀을 드리고 싶습니다. 퀘이커교를 믿는 환경에서 자란 사람으로서 겨우 두 시간 전까지도 덴마크와의 의견차이를 평화적으로 해결하기 위해 마지막으로 영웅적인 노력을 기울였다는 점입니다. 그것이 어떤 노력이었는지 자세히 말씀드리는 것으로 오늘 밤 연설을 끝맺고자 합니다. 이 나라에 대한 헌신과 용맹을 보여주는 노력이니 국민 여러분 모두 뿌듯함을 느끼실 겁니다. 또한 덴마크가 우리에게 무력충돌을 강요하려고 갖은 애를 쓰는 것처럼 보이는 상황에서도, 이 위대한 나라가 그런 충돌을 피하려고 얼마나 노력했는지 전세계가 이해할 겁니다.

미국 국민 여러분, 텔레비전 카메라 앞에서 이 연설을 시작하기 겨우 두 시간 전, 저는 책임 있는 국군 통수권자로서 덴마크의 큰 섬인 질랜드 섬에 우리 헬리콥터 편대를 기습 착륙시키라는 명령을 내렸습니다. 수도인 코펜하겐에서 겨우 20해리 떨어진 바로 이 지점(해당 지점을 가리킨다)입니다.

이처럼 용맹하고 인도적인 노력이 얼마나 위험한지는 저도 잘 알고 있습니다. 이 작전을 수행하겠다고 자원한 용감한 그린베레와 레인저 병사들도 마찬가지였습니다. 그들은 덴마크의 레이더를 피하기 위해 나무 높이로 비행해야 했을 뿐만 아니라, 플러드가 덴마크 정부의 노골적인 도움까지는 아니어도 최소한 승인을 얻어 정확히 얼마나 되는 무기를 모아놓았는지 알 길이 없었습니다. 그가 독가스를 사용할까? 감히 전술 핵무기를 사용할까? 우리가 찍은 공중정찰 사진으로는 그의 머릿속을 꿰뚫어 볼 길이 없었습니다. 그러니 그가 명문화된 전쟁의 규칙과 암묵적인 규칙을 과연 어디까지 어길지도 알 수 없었죠.

하지만 유인기와 무인기는 물론 위성까지 동원한 정찰을 통해 그 도망자가 그곳에 숨어 있다는 사실만은 한 줌의 의심도 없이 확인되었습니다. 또한 저는 퀘이커교도로서 결코 찬성할 수 없는 무장 분쟁을 동원하지 않는 한 플러드를 미국에 돌려보내라고 덴마크 정부를 압박할 방법이 없다는 사실도 깨달았습니다. 따라서 저는 이 기습 공격을 시행하라는 명령을 내렸습니다.

플러드를 생포해 헬리콥터에 태워서 헬싱괴르까지 데려온 뒤 군용 비행기로 갈아타고 미국까지 데려오기 위한 이 작전의 이름은 제가 '용기 작전'이라고 지었습니다. 그리고 작전의 시행은 합동 우발 사건 태스크포스 만용에 맡겼습니다.

미국 국민 여러분, 이제 용기 작전이 꼼꼼한 연습을 거친 스케줄을 정확히 지키면서 완벽하게 수행되었음을 여러분께 말씀드릴 수 있게 되어 더할 나위 없이 자랑스럽습니다.

첫째, 헬싱괴르에서 착륙 지점까지의 위험한 비행에는 정확히 계획대로 이십이 분 십사 초가 소요되었습니다. 그 다음으로 농가와 부속 건물, 경작지를 수색하는 위험한 작업은 삼십사 분 십팔 초 만에 완수되었습니다. 다시 말해서, 무려 이 초나 여유가 생겼다는 뜻입니다. 까다로운 소개疏開. evacuation 작업에는 정확히 스케줄대로 칠 분이 설렸고, 나무 높이로 비행하며 헬싱괴르로 돌아오는 대담한 비행에는 정확히 이십이 분이 소요되었습니다. 예정된 시간보다 사 초를 절약했을 뿐만 아니라, 덴마크 국내 헬리콥터로 그 거리를 비행한 신기록이었음을 여러분께 자랑스럽게 말씀드립니다. 게다가 우리 병사들은 단 한 명의 인명피해도 없이 안전한 곳으로 돌아왔습니다. 헬싱괴르의 적들은 완전히 화들짝 놀라서 단한 방도 사격을 하지 못했습니다.

용기 작전에 관한 첩보도 병사들이 분초를 다투며 이 위험한 작전을 완수한 그 결과만큼이나 인상적이었습니다.

첫째, 항공사진에서 수시로 그 농가를 드나드는 것으로 파악된 금발 여성 일곱 명은 우리가 착륙했을 때도 그곳에 있었습니다. 예상대로 집 안 여기저기에 있는 침대에서 발견된 그들을 심문하기 위해 그린베레가 즉시 신병을 확보했습니다. 그들의 '아버지'와 '어머니'라고 주장하는 부부의 신병도 역시 확보했습니다. 다양한 의복 상태로 침대에서 발견된 금발 여성들의 나이는 일곱 살에서 열여덟 살 사이였습니다.

둘째, 항공사진에 둥글게 찍힌 물체는 분석 결과 수박임이 확실시되었으나, 우리가 착륙한 시점에는 들판에, 그러니까 '밭'에 없었습니다. 수박 덩굴의 흔적조차 더는 보이지 않았습니다. 따라서 정보기관은 기습작전 겨우 몇 시간 전에 틀림없이 수박인 그 물체들이 제거되고 대신 그 자리에 우리가 착륙했을 때 발견한 평범한 돌멩이와 감자 줄기가 배치되었다는 결론을 내렸습니다. 도망자가 항공정찰에 발각되지 않으려고 최후의 순간까지 필사적으로 노력했음이 분명합니다.

찰스 커티스 플러드 본인이라고 파악된 크고 검은 물체 역시 마지막 순간에 크고 검은 래브라도 개로 대체된 것 같습니다. 전날 밤 촬영한 사진에서 도망자가 달빛을 받으며 운동하던 바로 그 벌판에서 그 개가 신나게 뛰어노는 모습이 발견된 것이 그 추측을 확인해주었습니다.

계획을 성실히 수행하기 위해 플러드를 사로잡는 데 배정된 시간을 그대로 들여 그 개의 신병을 확보한 것은 용기 작전 지휘자의 커다란 공이자, 최고의 헌신과 전문성을 보여주는 일입니다. 개는 지휘 헬리콥터에서 삼엄한 감시하에 묶인 채로 헬싱괴르의 '햄릿 성'까지 이송되었습니다. 그러나 헬리콥터들이 안전하게 착륙한 뒤 저는 백악관에서 그 개에 대한 심문을 중단하고 결박을 풀고 목줄을 묶어 성 안의 잔디밭을 돌아다닐 수 있게 하라고 즉시 지시했습니다.

미국 국민 여러분, 현재 그 개가 미국 군인들의 손에서 친절한 대우를 받고 있다는 사실은 도망자가 또 법망을 피해 도망치면서 이 무력한 동물을 자신의 '대리'로 내세운 냉소적이고 무정한 태도와 선명한 대조를 이룬다고 분명히 말씀드릴 수 있습니다.

오늘 밤 미국 관리들이 플러드의 신병을 확보했으니, 그의 송환을 위해 고집 세고 오만한 덴마크 정부를 상대로 더 이상 조치를 취할 필요가 없다는 말씀을 여러분께 드리는 것이 저의 소망이었습니다. 오해하시면 안 됩니다. 자기 목숨 대신 무고한 암캐의 목숨을 위험에 내놓을 만큼 사악한 남자를 상대해야 하는 상황이 아니라면, 오늘 밤 제가 정말로 그런 말씀을 드릴 수 있었을 겁니다.

그러나 비록 이번에는 그 도망자를 체포할 수 없었을지라도, 저는 이 기회를 빌려 합동 우발사건 태스크포스 만용이 용기 작전을 수행하며 보여준 능력, 용기, 헌신에 찬사를 보내고자 합니다. 그들이 이 까다로운 비밀임무를 흠잡을 데 없이 수행했다는 점이 모든 미국인의 마음을 벅차게 했습니다. 이번 덴마크 위기에서 지금까지 수행된 비슷한 작전 중 가장 성공한 작전으로 반드시 평가되어야 할 것입니다. 우리가 덴마크 레이더 시스템의 구멍을 지적해 덴마크 정부를 난처하게 만들었다는 사실 하나만으로도 덴마크 국민들과 군대의 사기가 필연적으로 심오한 영향을 받을 겁니다.

미국 국민 여러분, 아주 위대한 분의 말로 오늘 연설을 끝맺고자 합니다. 불멸의 시인이자 유명한 인도주의자였던 윌리엄 셰익스피어의 말입니다. 그렇습니다, 수백 년 전 양피지에 깃털 펜으로 쓴 말입니다만, 오늘 밤만큼 그 말이 어울리는 때는 없을 겁니다. 셰익스피어는 이렇게 말했습니다. "덴마크에는 썩은 구석이 있다." 이 말이 수백 년 뒤 어떤 예언이 될지는 이 불멸의 시인도 당시 잘 알지 못했을 겁니다.

미국 국민 여러분(여기서 트리키가 의자에서 일어나 책상에 걸터앉는다), 덴마크에는 **확실히** 썩은 구석이 있습니다. 이건 분명합니다. 덴마크 청년들이 나서서 뽑아버릴 수 없는 그 썩은 구석을 미국 청년들이 들어가 뽑아야 하는 상황이 되었다면, 미국 청년들은 주저 없이 그렇게 할 겁니다. (주먹을 쥐며) 햄릿의 훌륭했던 고향이 부패와 타락의 수챗구멍으로 빠져들어가는 꼴을 가만히 두고 볼 수 없기 때문입니다. (시선을 내린다) 옳은 일을 위해 우리가 동원할 수 있는 모든 힘을 다해, 우리는 (상냥한 얼굴로 재빨리 천장을 흘깃 보며) 하느님의 도움으로 지금도 앞으로도 영원히 덴마크에서 썩은 것들을 정화할 것입니다. (눈을 한 번도 깜박이지 않고 잠시 영원을 바라본다)

감사합니다.

5

트리키
암살

미국 대통령이 사망했습니다. 다시 말합니다. 트릭 E. 딕슨이 사망했습니다. 현재 저희가 갖고 있는 정보는 이것이 전부입니다.

백악관은 미국 대통령이 사망했다는 속보에 대한 논평을 거절했습니다. 백악관의 허튼소리 담당관은 "대통령의 사망에 관한 보도는 전혀 진실이 아니다"라면서도, 지금은 그 보도를 "단호히" 부정하지 않을 것이라고 덧붙입니다.

대통령의 사망과 관련해 상충하는 이야기들이 계속 돌아다닙니다. 백악관은 두 번째 발표문을 통해 오늘의 대통령 일정을 언급하며, 거기에 사망이 전혀 언급되어 있지 않다고 지

적합니다. 또한 대통령의 내일 일정도 공개되었는데, 거기에
도 역시 대통령이나 보좌관의 사망 계획은 등장하지 않습니
다. 백악관의 허튼소리 담당관은 "이런 일정들을 감안할 때,
대통령이 어떤 식으로든 성명을 발표할 때까지 기다리는 것
이 최선인 듯하다"고 말했습니다.

월터 리드 육군병원에서 흘러나온 보도들은 미국 대통령
이 사망했다는 속보를 확인해주는 듯합니다. 사망을 둘러싼
정황은 아직 불분명하지만, 대통령은 어제 늦게 수술을 위해
월터 리드 병원에 입원한 것으로 보입니다. 엉덩이의 땀샘을
제거하는 것이 이 비밀 수술의 목적이었습니다. 현재 저희가
아는 것은 이것이 전부입니다.

부통령은 대통령의 사망 보도를 일축했습니다. 부통령이
전국 요들송 연합에서 연설을 하기 위해 이동하던 중에 한 발
언의 일부를 인용하면 다음과 같습니다.
"이것이야말로 비열한 중상모략에 혈안이 되어 있는 비
열한 중상모략자들의 경솔한 허튼소리이자 고약한 경솔함입
니다."
"대통령이 어젯밤 엉덩이의 땀샘 제거 수술을 위해 비밀
리에 월터 리드 병원에 입원했다는 보도는 어떻게 된 겁니까,

부통령님?"

"헝터리 헛소리입니다. 훌리건 같은 짓이고요. **학**질적입니다. 제가 겨우 오 분 전 대통령님과 대화를 나눴는데, 아주 건강한 모습이었습니다. 이번의 애**짠**한 거짓말은 **찡**신 나간 **좌**파가 만들어낸 **껄짝**이라 탄식이 나오네요."

월터 리드 병원에서 나온 확인되지 않은 보도에 따르면, 대통령은 오늘 아침 7시에 시신으로 발견되었다고 합니다. 사망 원인이나 '발견' 장소에 대해서는 아직 아무 소식이 없습니다. 엉덩이의 땀샘 제거 수술 이후 대통령이 사망했다는 추측이 점점 기세를 얻고 있습니다.

이제 공화당 전국본부로 가보겠습니다. 전국위원회 의장이 그곳에서 기자들과 만나고 있습니다.

"위대한 미국인인 대통령이 사망했다는 이유만으로 대다수 국민이 그의 연임을 막을 것이라고는 믿을 수 없습니다, 절대."

"그렇다면 대통령님의 **사망**을 인정하시는 겁니까?"

"저는 전혀 그런 말을 하지 않았습니다. 제 말은, 그러니까 만약 지금부터 내선 시기 사이에 대통령이 사망한다 해도, 그 죽음이 이 나라 대다수 국민들 사이에서 그가 누리고 있는 인기에 영향을 미칠 것 같지 않다고 말했을 뿐입니다. 사실 여러분이 언제라도 대통령을 죽은 사람 취급할 기세였던 것이 처음도 아니잖습니까. 하지만 그는 미국 대통령이 되었습니다."

"그때는 정치적 죽음을 말한 거였습니다."

"여러분과 구문론을 놓고 고급스러운 토론을 벌일 생각은 없습니다. 지금 제 말은, 떠도는 소문이 사실이든 거짓이든 우리의 선거운동 계획에 눈곱만큼도 영향을 미칠 수 없다는 뜻일 뿐입니다. 심지어 저는 대통령이 정말로 시신으로 발견되더라도, 1972년 선거에서 우리가 1968년 선거 때보다 더 큰 폭의 승리를 거둘 것이라고까지 말할 수 있습니다."

"그렇게 생각하시는 근거가 무엇입니까, 의장님?"

"음, 우선, 이 나라의 언론이 비록 무책임하고 사악할지라도 이미 죽어서 땅에 묻힌 사람을 그가 살아 있을 때처럼 악의적으로 뒤쫓으려 할 것이라고는 도저히 생각할 수 없습니다. 또한 유권자들을 생각해보면, 닥슨이 살아 숨 쉬고 있을 때는 딱히 불러낼 수 없었던 연민과 온기를 죽은 뒤에는 이 나라 국민들의 마음에서 불러낼 수 있을 것 같습니다."

"그럼 대통령님이 사망했을 경우, 그것이 대통령님의 이미지에 좋은 영향을 미친다는 겁니까?"

"물론입니다. 사람들에게 노출되는 빈도를 따진다면, 살아 있을 때 못지않을 겁니다. 이것이야말로 우리가 원하던 활력소인 것 같습니다. 특히 민주당에서 테디 카리스마를 내세운다면 말이죠."

"그 말의 의미를 설명해주시겠습니까, 의장님?"

"음, 만에 하나 트릭 E. 딕슨이 이 세상 사람이 아니라고 가정한다면, 카리스마의 매력이 크게 깎일 겁니다. 대통령 후보의 형제 두 명이 이미 세상을 떠난 것도 중요하지만, 현직 대통령 **본인**이 사망한 것은 완전히 다른 문제입니다. 그러니까, 경험을 기준으로 삼을 수 있다면 말입니다…… 제 생각에는 그래도 될 것 같은데…… 이 사망 이슈와 관련해서 이제 여러분이 어떻게 대통령을 능가할 수 있을지 모르겠습니다."

"의장님, 공화당 쪽에서 대통령의 사망 소문으로 간보기를 하고 있다는 의심이 점점 커지고 있는데, 사실입니까? 그 소문으로 얼마나 정치적 이득을 거둘 수 있는지 보시려는 건가요? 의장님은 대통령님의 죽음이 점점 시들해지는 인기에 크게 박차를 가해줄 것으로 확신하시는 듯한데, 지금 이름이 기억나지 않는 부통령님은 대통령님이 '아주 건강한 모습'이었다면서 '**쩡**신 나간 **쫘**파'가 이번 소문을 퍼뜨렸다고 단언했습니다."

"이뵈요, 지는 미힙즁국 부통령의 두운법을 비판할 생각이 없습니다. 헌법에 따라 부통령은 모든 미국 국민과 마찬가지로 두운법을 쓸 권리가 있습니다. 지금 저는 여러분에게 어디까지나 우리 당 의장으로서 말하는 겁니다. 분명히 말하지만, 대통령은 자신의 죽음까지 포함해서 그 어떤 이유로도 경쟁에서 물러날 생각이 전혀 없습니다. 죽음이니 뭐니 하는 이유로 대통령을 열외 취급하는 사람은 대통령이 어떤 사람인지 전혀 모르는 겁니다. 이 나라가 자신의 배짱을 싫어하고 자신을 믿어주지 않는다는 이유로 포기를 선언해버리는 린 B. 존슨과는 다릅니다. 트릭 E. 딕슨을 그냥 미워하는 것만으로는 그를 위협할 수 없습니다. 어차피 평생 그런 일을 겪었기 때문에 **익숙**해요. 또한 딕슨을 죽인다 해도 그가 선거에서 물러나는 일은 없을 겁니다. 전에도 우리는 딕슨이 재 속에서 다시 일어나는 것을 봤습니다. 그러니 이번에도 정확히 똑같은 광경을 다시 보게 될 것이라고 굳게 기대하고 있어요. 딕슨은 유골함 안에서 전당대회 연설을 해야 하는 상황이라 해도 물러나지 않을 겁니다. 딕슨은 그 정도로 헌신적인 미국인입니다."

백악관은 대통령이 어제 엉덩이의 땀샘 제거 수술을 위해 월터 리드 병원에 입원했다는 주장을 부정하는, 다시 말씀드립니다. **부정**하는 성명을 발표했습니다. 그러나 딕슨 대통령이 죽었는지 살았는지에 대해서는 백악관이 계속 전적인 침묵을 지키고 있습니다.

이제 전국 역도선수 회의로 가보겠습니다. 이름이 기억나지 않는 부통령이 현재 그곳에서 이 나라에 대해 '애**짠**한 거짓말'이라는 죄를 저지른 사람들이 있다면서 그들에 대한 즉흥 연설을 한창 하고 있는 중입니다.

"……바보 놈, 감상적인 놈, 신경쇠약 환자 놈, 신경증 환자 놈, 시체 성애자 놈……."

여기서 압운을 맞춘 부통령의 연설을 끊고 월터 리드 병원에 관한 특집 보도를 시작하겠습니다.

"이곳 분위기는 어둡습니다만, 아직 전체 상황을 파악하기가 불가능합니다. 대통령이 어제 늦게 비밀 수술을 위해 이 병원에 입원한 것은 사실인 듯 보입니다. 첫 보도에 따르면, 수술 부위는 대통령의 엉덩이이고, 그 부위에 자리한 것으로 보이는 땀샘을 외과적으로 제거할 예정이었다고 합니다. 그러나 아시다시피 백악관은 이 주장을 단호히 부정했습니다. 그리고 바로 조금 전 제가 그 이유를 알아냈습니다. 수술 부위는 이 나라 최고 지도자의 엉덩이hip가 아니라 입술lip이었다고 합니다. 입-술. 모든 보도들 종합하면, 오늘 아침 입술에서 땀샘을 제거할 예정이었습니다. 그러나 백악관의 최신

성명에 따르면 수술은 한동안 연기되었으며, 그 이유는 '예상치 못한 상황'이라고 합니다. 병원 내 고위급 소식통에 따르면, 그 예상치 못한 상황이란 바로 미국 대통령의 사망입니다. 지금 국방장관이 병원에서 나와 이쪽으로 걸어오는 것이 보입니다. 라드 장관님, 방금 대통령님과 함께 있다가 나오신 겁니까?"

"그렇습니다."

"상당히 낙담하신 표정인데요, 장관님, 대통령님이 살았는지 죽었는지 말씀해주시겠습니까?"

"나는 그 질문에 대답할 수 없습니다."

"다양한 소식통을 인용한 확인되지 않은 보도들에 따르면, 대통령님이 오늘 아침 7시에 시신으로 발견되었다고 하던데요."

"노코멘트."

"그럼 왜 대통령님을 만나러 오셨습니까?"

"종전을 위한 대통령님의 비밀 시간표를 알아보러 왔습니다."

"대통령님 말고도 그 비밀 시간표에 대해 아는 분이 있습니까?"

"있을 리가 없죠."

"그럼 대통령님이 사망하신 경우, 그 비밀 시간표를 무덤까지 가져가게 되겠네요."

"노코멘트."

"라드 장관님, 오늘 장관님 외에 대통령님을 방문한 사람이 또 있었습니까?"

"네, 합참의장입니다. 물론 교수도 왔고요."

"그분들도 그 비밀 시간표를 모르십니까?"

"말했잖습니까. 대통령님 외에는 아무도 몰라요. 그러니 비밀인 거지요."

"영부인도 모르실까요?"

"음, 사실 영부인 자신은 알고 있다고 생각합니다. 우리가 오늘 아침 전화했을 때 영부인이 그렇게 말했어요. 하지만 영부인이 갖고 있는 건 워싱턴과 뉴욕 사이를 오가는 기차의 옛 시간표일 뿐입니다. 영부인이 대통령님의 양복에서 발견했다더군요."

"대통령님이 그 시간표를 보관해놓으실 만한 장소가 없을까요?"

"없을 것 같습니다."

"매트리스는 잘라보셨죠?"

"아, 전부 해봤죠. 바닥도 뜯어보고, 패널도 뜯어보고. 전부 싹 뒤집어엎었습니다. 하지만 비밀 시간표 **비슷한** 것도 보이지 않았습니다."

"장관님, 지금 말씀하시는 것을 보면, 대통령님이 돌아가셨다는 소문을 확인해주시는 것 같습니다. 만약 그 소문이 사실이라면 장관님과 합참의장과 교수는 왜 시신을 둘러싸고 앉아서 중요한 정보를 알아내려 한 겁니까?"

"음, 우리 옆에는 영매도 있었습니다."

"**영매**요?"

"아, 걱정 마십시오. 전에도 우리랑 일해본 적이 있는 사람이니까. 보안 등급도 최고예요. 일류 집시입니다."

"그럼 그분이 대통령님과 접촉했습니까?"

"그랬다고 해도 될 것 같습니다."

"그걸 어떻게 아십니까?"

"영매가 어떤 목소리와 접촉했는데, 자기가 퀘이커 교도라고 계속 말하더랍니다."

"비밀 시간표에 대해서는요?"

"그 목소리가 말하기를, 비밀은 비밀이며 자신을 믿어준 미국 국민들을 위해 신성한 신뢰를 배반하지 않을 의무가 있답니다. 지옥에서 낙인이 찍히고 꼬챙이에 꿰이더라도 절대 아무에게도 말하지 않을 것이라고 했습니다."

"거의 지나칠 정도로 정직하군요."

"뭐, 그럴 수밖에 없겠죠, 그 땀샘 문제에 대해서는. 다른 문제에 대해서는 사람들이 대통령님의 말을 항상 믿는 편은 아니었습니다."

"신사 숙녀 여러분, 지금까지 월터 리드 병원 밖의 잔디밭에서 국방장관과 직접 대화를 나눴습니다. 여러분이 보신 것처럼 장관은 인터뷰 내내 괴로워서 눈물을 흘리기 직전이었습니다. 대통령이 사망했다는 보도를 확인해주는 듯합니다. 이제 전국 칼 삼키기 연합에서 연설 중인 부통령에게 카메라를 돌리겠습니다."

"……정신이 이상한 놈, 감상적인 운동가 놈, 물장사 놈, 파괴 공작원 놈, 자칭 사포Sappho, 기원전 그리스의 여성 시인 놈, 자칭 스윈번Swinburne, 영국의 시인 놈, 돼지 놈, 호색가 놈, 정신분열증 환자 놈, 남색가 놈, 호모 놈, 소리지르는 놈, 이상한 놈, 쓰레기 놈, 자화자찬을 일삼는 놈, 선정적으로 떠드는 놈, 친구인 척하는 배신자 놈, 성 중독자 놈, 변변치 못한 놈, 깜둥이 놈, 텁수룩한 놈, 골골거리는 놈, 매독 환자 놈……."

이제 연방수사국 본부로 가보겠습니다.

"이것이 어젯밤 대통령이 텔레비전에 들고 나오셨던 그 칼입니까, 팀장님?"

"의심의 여지가 없습니다. 여기 칼날이 네 개 있으니 세어보세요. 하나, 둘, 셋, 넷. 여닫을 수 있는 케이스도 있고요."

"하지만 제가 알기로 이런 칼은 약 8000개나……"

"우리가 그 8000개를 다 훑어봤으니 걱정 마세요. 이게 바로 그 칼입니다. 이게 틀림없이 살인 무기예요."

"그럼 대통령이 살해당한 겁니까?"

"지금은 확실히 말할 수 없습니다. 하지만 만약 살인이 발생한 것이 확실하다면 이것이 바로 무기라고 분명히 말할 수 있습니다."

"그럼 살인범의 신병을 확보하셨나요?"

"한 번에 하나씩 합시다. 누가 갑자기 뛰어들어와서 살인범을 잡았다고 말하면, 모두 그 사람이 거리에서 가장 먼저 마주친 사람을 붙잡아왔다고 생각할 겁니다. 사람들을 범죄자로 몰기 전에 일단 살인이 있었다는 발표부터 합시다."

"어떤 종류의 살인이었습니까? 칼로 찔러 죽였나요?"

"음, 이것 역시 '아내 구타를 그만두었습니까?' 하고 묻는 것과 같습니다. 하지만 물론 내가 이 정도는 말씀드릴 수 있습니다. 칼이 있으니, 피살자가 칼에 찔려 죽은 것으로 밝혀질 수 있겠죠. 물론 다른 가능성도 있습니다만, 지금 우리가 모든 가능성을 철저히 들여다보고 있으니 안심하세요."

"예를 들면 어떤 가능성인가요?"

"음, 곤봉을 사용하는 방법이 있죠. 대통령님 자신이 일전에 텔레비전에서 개괄적으로 묘사한 것 같은 다양한 형태의 고문도 있고요."

"다시 말해서, 대통령님의 그 유명한 눈을 범인이 파냈을 가능성도 있다는 거로군요."

"지금으로서는 그 가능성도 배제할 수 없습니다."

"범인은 누굴까요? 어떻게? 언제? 어디서?"

"이봐요, 우리가 여기 수사국에서 자주 하는 말이 있는데, 당신이 내게 아무것도 묻지 않으면 내가 당신에게 거짓말을 할 이유가 없다는 겁니다. 현재 중요한 것은 우리가 이번 사건이 발생하기도 전에 사실상 아주 가까이에 있었을 뿐만 아니라 사실이 밝혀지기도 전에 이미 사실들을 잘 추적하고 있다고 미국 국민들을 안심시키고 싶다는 점입니다. 지난번처럼 이번 대통령 암살에 대해서도 비판의 대상이 될 생각은 없습니다."

"어떤 비판을 말씀하시는 겁니까?"

"음, 지난번에는 일종의 구름 같은 것이 사건 전체를 덮고 있었죠, 그렇지 않습니까? 신뢰성 결여니 뭐니. 국민들은 솔직한 이야기를 듣지 못한다고 생각했습니다. 우리가 뭔가를 은폐하려다가 들켜서 당황했다느니 어쨌다느니 비난이 일었습니다. 분명히 말씀드리지만, 이번에는 다를 겁니다. 이번에는 살인 무기도 확보했고, 범인이 누구인지에 대해서도 사전에 이미 상당히 감을 잡고 있었습니다. 그러니 그 일이 실제로 일어났다는 확인만 기다리는 중입니다. 그래야 체포에 나설 수 있으니까요. 물론 어느 정도 뜸을 들이기는 해야겠죠. 우리가 길가의 도랑에서 가장 먼저 마주친 얼간이를 붙잡아 온 것처럼 보이지 않으려면요."

"보이스카우트입니까? 그러니까, 정말 그런 일이 있었다면 보이스카우트일까요?"

"음, 저야 뭐 수사관에 지나지 않습니다. 범죄를 저지른 자가 누군지 결정하는 사람이 아니라, 그런 자들을 잡아들이는 사람이란 말입니다. 관련 당국이 범죄자를 결정해준 다음에요. 하지만 이건 말씀드리겠습니다. 보이스카우트 칼에 강력한 동기가 관련되어 있다고 보지 않았다면, 우리가 그 칼을 살인 무기로 결론짓지는 않았을 겁니다. 바로 이 점이 지난번 암살의 문제 중 하나였어요. 살인 무기와 관련된 강력한 동기가 없었다는 점. 지금 우리가 다루고 있는 것은 이 나라의 선출직 공직자 중 가장 높은 사람의 암살 사건 아닙니까. 이런 일이 벌어졌을 때 사람들은 강력한 동기를 원합니다. 그 사람들한테 뭐라고 할 수도 없죠. 그래서 이번에 우리는 사람들에게 그 동기를 안겨줄 생각입니다. 그렇게 하지 않으면 국민 분열, 신뢰성 공백, 의심, 사건 전체를 덮은 어두운 구름이 생겨날 뿐입니다."

"그럼 이 보이스카우트 칼이 그런 의심과 회의를 일소해줄 것이라고 진심으로 생각하십니까?"

"네? 기자님은 아닙니까?"

"제가 뭐라고 말할 입장은 아닌 것 같은데요. 저는 그냥 객관적으로 보도하는 사람입니다."

"아뇨, 아뇨, 괜찮습니다. **말하세요.** 기자님 생각은 어떻습니까? 객관적이어야 한다고 해서 반드시 바보가 될 필요는 없습니다. 이 보이스카우트 칼에 관한 이야기를 받아들이기 힘듭니까? 그런 거예요?"

"제 생각은 중요하지 않습니다. 이 칼이 살인 무기인지 아닌지가 중요하죠."

"다시 말해서, 이 칼에 관한 이야기가 억지스럽다는 뜻이네요. 좋습니다. 그럼 이건 어떻습니까?"

"**이거**요?"

"네. 루이빌 슬러거^{Louisville Slugger, 야구방망이 상표명}입니다. 바로 커트 플러드의 야구방망이죠. 여기 대통령의 머리 모형을 이용해서, 이런 방망이로 어떤 피해를 입힐 수 있는지 보여드리겠습니다. 아까 내가 '곤봉'을 말한 것 기억하죠? 자, 잘 보세요."

이제 백악관으로 가보겠습니다. 내동령의 허튼소리 담당관의 중요한 발표가 있습니다.

"신사 숙녀 여러분, 대통령님의 건강과 관련해서 다음과 같이 발표합니다. 어젯밤 자정에 대통령님은 월터 리드 군 병원에 입원하셨습니다. 윗입술의 땀샘을 제거하는 간단한 수술을 위해서였습니다."

"철자를 말씀해주시겠습니까, 블럽Blurb. '허튼소리 담당관'의 이름으로 '과대선전'이라는 뜻?"

"입술입니다. 입-술."

"그 앞의 글자는요?"

"윗. ㅇㅡㅜㅅ…… 아시다시피, 대통령님은 국민의 신뢰를 얻기 위해, 그리고 가능하다면 국민의 애정 또한 얻기 위해 언제나 최선을 다하려고 하셨습니다. 국민들 앞에서 연설할 때 윗입술 선을 따라 땀이 펑펑 솟는 현상이 사라지기만 한다면, 대다수 국민이 대통령님을 진실을 말하는 정직한 사람으로 믿어줄 것이라고, 어쩌면 대통령님에게 심지어 더 호감을 갖게 될지도 모른다고 믿었습니다. 물론 윗입술 선을 따라 땀을 흘리는 사람이 모두 거짓말쟁이거나 비호감 인물이라는 뜻은 아닙니다. 윗입술 선을 따라 땀을 많이 흘리지만 각자 속한 곳에서 훌륭한 시민으로 활약하는 분들이 많습니다. 그런 식으로 땀이 흐르는 것은 그분들이 시민으로서 짊어지고 있는 많은 책임 때문이죠. 또한 선하고 근면한 보통사람 중에도 그냥 윗입술 선을 따라 땀을 흘리는 사람이 많습니

다······ 현재 제가 드릴 말씀은 이것이 전부입니다, 신사 숙
녀 여러분. 대통령님의 수술 부위가 '엉덩이'였다는 소문이
계속 돌아다니지 않았다면, 제가 여러분을 이렇게 불러 모으
는 일은 없었을 겁니다. 그 소문은 결코 진실이 아닙니다. 저
는 이 점을 여러분께 가장 먼저 알려드리고 싶었습니다. 내일
쯤이면 대통령님의 엉덩이 X선 사진을 준비해서, 그 엉덩이
의 상태가 완벽하다는 점을 여러분에게 아주 확실히 알려줄
수 있을 것이라고 기대하고 있습니다."

"어느 쪽 엉덩이 사진입니까, 블럽?"

"왼쪽입니다."

"오른쪽은요?"

"오른쪽 사진은 이번 주 안에 구해보겠습니다. 지금 저
희가 최대한 빨리 이 문제를 해결하려 애쓰고 있다는 점을 알
아주시기 바랍니다. 이 나라 국민들이 대통령의 엉덩이에 문
제가 있다고 생각하는 건 저희가 바라는 일이 아닙니다."

"대통령님이 사망했다는 보도는 어떻게 된 것입니까,
블럽?"

"지금은 그 문제에 대해 드릴 말씀이 없습니다."

"하지만 라드 장관이 오늘 월터 리드 병원을 나서면서
우는 모습이 목격되었습니다. 그건 확실히 딕슨 대통령이 사
망했다는 뜻인 것 같은데요."

"꼭 그렇지는 않습니다. 대통령님이 살아계시다는 뜻이 될 수도 있죠. 이런 심각한 문제를 제가 멋대로 추측하고 싶지는 않습니다."

"대통령님이 난폭해진 보이스카우트의 손에 살해당했다는 보도는 어떻게 된 겁니까?"

"그 문제는 지금 들여다보고 있습니다. 그 주장에 진실이 조금이라도 들어 있다면, 반드시 여러분께 연락드리겠습니다."

"현재 대통령님의 상태에 대해 확실한 이야기를 들려주실 수는 없습니까?"

"현재 편안히 쉬고 계십니다."

"혹시 땀샘은 제거했나요? 저희가 그 땀샘을 볼 수 있습니까?"

"노코멘트. 또한 대통령님의 땀샘을 사진으로 찍어도 될지 여부와 그 밖의 문제들은 어쨌든 영부인이 결정하실 일입니다. 제 생각에 영부인은 땀샘처럼 개인적인 문제는 그냥 가족들만 알고 있기를 바라실 것 같습니다. 어쩌면 나중에 프리시어에 트릭 E. 딕슨 도서관을 지어 그 땀샘을 보관하실지도 모르죠."

"땀샘이 얼마나 큰지 말씀해주실 수 있습니까, 블럽?"

"음, 대통령님이 평소 흘리시던 땀의 양을 생각할 때 상당히 크지 않을까요? 하지만 이건 어디까지나 추측입니다. 저도 땀샘을 직접 보지는 못했습니다."

"블럽, 월터 리드에 입원하신 동안 대통령님이 눈동자를 자꾸 움직이는 현상을 막기 위한 수술도 받을 예정이었다는 보도가 있던데 사실입니까?"

"노코멘트."

"그건 눈을 **정말로** 파냈다는 뜻입니까?"

"노코멘트."

"그 안구도 프리시어에 지어질 트릭 E. 딕슨 도서관에 보관될까요, 블럽?"

"다시 말씀드리지만, 그건 어디까지나 영부인이 결정하실 일입니다."

"블럽, 대통령님의 몸짓은 어떻습니까? 그동안 몸짓에 다소 부자연스러운 면 또는 가식적인 면이 있다고 비판받으셨잖습니까. 대통령님의 말씀과 몸짓이 항상 잘 어울리는 것처럼 보이지는 않는 것 같은데요. 대통령님이 아직 살아 계시다면, 그 문제도 해결할 계획이 있습니까? 계획이 있다면, 어떤 계획입니까? 대통령님의 말씀과 몸짓을 동기화할 수 있을까요?"

"여러분, 대통령님이 최대한 정직한 사람처럼 보일 수 있게 의사들이 최선을 다할 거라고 확신합니다."

"마지막 질문입니다, 블럽. 만약 대통령님이 돌아가셨다면, 이름이 기억나지 않는 그분이 대통령이 되십니다. 정부가 덕슨 대통령의 사망 발표를 미루고 있는 것은 이름이 기억나지 않는 그분을 급히 다른 분으로 교체하려고 애쓰고 있기 때문이라는 소문이 사실입니까? 그래서 이름이 기억나지 않는 그분이 대통령의 사망 보도를 계속 강력히 부정하는 건가요? 자신이 버림받을까 봐서?"

"여러분, 부통령은 자신이 미국 대통령이라는 자리에 합당한 인물인지 조금이라도 의심스러운 구석이 있다 싶으면 그 자리를 원할 사람이 아니라는 것을 여러분도 저만큼 잘 알고 계실 겁니다. 그러니 방금 그 질문에는 진지하게 답하지 않겠습니다."

"안녕하십니까. 수도 워싱턴에서 저 이렉트 시비어헤드가 뉴스를 설득력 있게 분석해드립니다……. 쉬쉬하며 주고받는 이야기가 권력의 회랑에 스며들고 있습니다. 힘센 사람들이 속닥거리는 동안 수도 워싱턴은 놀라움에 말문이 막힌 채 기다리고 있습니다. 포토맥 강변의 벚꽃들조차 지금의 엄중한 분위기를 감지한 듯하네요. 정말로 엄중합니다. 하지만 이런 엄중한 분위기는 전에도 있었고, 우리나라는 그것을 이기고 살아남았습니다. 막 해가 질 무렵에 조심스러운 낙관주의가 쑥 튀어나왔습니다. 그러고는 이성의 전당들 뒤로 유구한 태양이 지고 다시 어둠이 내렸습니다. 그러나 전에도 이런 어둠이 있었습니다. 우리나라는 결국 그것도 이기고 살아남았고요. 비록 사람의 생명은 유한하지만, 원칙은 영원하기 때문입니다. 권력의 회랑을 돌아다니는 사람들의 생명 또한 유한합니다. 이처럼 엄청난 비극의 중대성 앞에서, 아니 이처럼 중대한 비극의 엄청남 앞에서 누구도 감히 정치적 장난을 칠 수는 없습니다. 정말로 비극이라면 말이죠. 하지만 전에도 이런 비극이 있었습니다. 인간과 신에 대한 희망과 믿음을 기초로 세워진 우리나라는 계속 살아남았고요. 그래도 오늘 밤 걱정에 잠긴 수도 워싱턴에서 남자들은 조용히 지켜보며 기다립니다. 오늘 밤 걱정에 잠긴 수도 워싱턴에서 여자들과 아이들도 조용히 지켜보며 기다립니다. 워싱턴에서 이렉트 시비어헤드였습니다."

"……국기를 태우는 놈, 호모 놈, 여자 역할을 하는 호모 놈, 포주 놈, 케케묵은 페이비언 사회주의자 놈, 좋을 때만 좋은 친구 놈, 여자 역할을 하는 호모 놈, 믿을 수 없는 놈, 맨살을 드러내는 쇼를 조직하는 놈……."

부통령의 전국 영장류 협회 연설을 여기서 끊고 속보를

전해드립니다. 매사추세츠 주 보스턴, 즉 에드워드 카리스마 상원의원의 출신 주인 그곳에서 보이스카우트 한 부대가 미국 대통령을 살해했다고 자백했습니다. FBI는 대통령이 살해당했다고 백악관이 발표할 때까지는 그들의 이름을 공개할 수 없다는 입장입니다. 이 보이스카우트 단원들은 현재 구금 중이며 보석은 허용되지 않을 예정입니다. FBI에 따르면 확실한 사건이라고 합니다. 처음에는 대통령이 텔레비전에서 그 유명한 '덴마크에는 썩은 구석이 있다'는 연설을 하면서 보여준 바로 그 칼이 살인 무기로 알려졌으나, 그 칼이 아니라 루이빌 슬러거 야구방망이가 살인 무기였음이 밝혀졌습니다. 워싱턴 세너터스 팀의 중견수 커트 플러드가 과거에 사용하던 물건입니다. 이제 영장류 회의에 참석한 그, 이름이 기억나지 않는 부통령에게 다시 카메라를 돌리겠습니다.

"……대학의 어중이떠중이 놈, 여자 역할을 하는 호모 놈, 포크 가수 놈, 여자 역할을 하는 호모 놈, 괴물 놈, 여자 역할을 하는 호모 놈, 복지혜택 무단 편승자 놈, 여자 역할을 하는 호모 놈, 비속어를 쓰며 멋대로 말하는 놈, 여자 역할을 하는 호모 놈……."

월터 리드 군 병원에 나가 있는 저희 기자와 연결합니다.

"신사 숙녀 여러분, 병원 내의 대단히 믿을 만한 소식통에게서 방금 끔찍한 소식이 나왔습니다. 미국 대통령이 오늘 새벽 암살되었다고 합니다. 사인은 익사입니다. 대통령은 물로 짐작되는 투명한 액체가 가득하고 꼭대기가 단단히 묶여 있는 크고 투명한 자루 속에서 알몸으로 태아처럼 몸을 웅크린 자세로 아침 7시에 발견되었습니다. 대통령의 시신이 들어 있는 자루는 이 병원의 분만실 바닥에서 발견되었습니다. 대통령이 윗입술 수술을 기다리던 병실에서 옮겨져서 강요 또는 유혹에 의해 자루 속에 들어가게 된 경위는 아직 밝혀지지 않았습니다. 그러나 대통령의 살해 방식이 지난 4월 3일 샌디멘시아에서 대통령 자신이 한 논란의 발언과 직접적으로 관련되어 있음에는 의심의 여지가 거의 없는 듯합니다. 당시 대통령은 '태아의 권리'에 대해 솔직한 심경을 피력했습니다.

현재 병원 담당자들은 대통령이 자발적으로 병실을 떠나 범인과 함께 분만실로 갔다고 보는 듯합니다. 어쩌면 분만 중인 여성의 배 옆에서 사진을 찍게 될 거라고 믿었는지도 모릅니다. 워싱턴에 있는 저희들이 보기에는 최근의 보이스카우트 소요, 그리고 어제 있었던 코펜하겐 핵 폭격으로 태아들에 대한 대통령의 캠페인에서 힘이 빠진 듯합니다. 어쩌면 대통령이 이 뜻밖의 상황을 이용해서 자신의 프로그램에 대한 관심을 부활시키기로 결심했을 가능성도 있습니다. 코펜하겐 파괴와 덴마크 점령이 성공적으로 완수된 뒤, 대통령은 가장 시급한 국내문제라고 생각되는 이슈로 빨리 관심을 돌리고 싶었음이 분명합니다. 소문에 따르면, 대통령은 이다음에 행할 주요 연설에서 수술로 새로 얻은 윗입술을 이용해 '아직 태어나지 않은 태아의 생명을 포함한 인간 생명의 신성함'에 대한 신념을 개괄적으로 밝힐 생각이었다고 합니다.

그러나 대통령이 새로 얻은 윗입술을 자랑스레 여기며 인간 생명의 신성함에 대해 연설하는 일은 이제 없을 겁니다. 섬뜩한 유머 감각을 지닌 잔혹한 암살범이 손을 썼으니까요. 태아의 권리를 믿던 사람은 죽었고, 옷을 입지 않은 그의 시신은 여기 월터 리드 병원의 분만실 바닥에서 물이 채워진 자루 속에 태아처럼 몸을 구부린 상태로 발견되었습니다. 월터 리드에서 위기 때 수완을 발휘하는 로저가 전해드렸습니다."

이제 백악관을 연결합니다. 허튼소리 담당관의 최신 발표입니다.

"신사 숙녀 여러분, 대통령님의 엉덩이와 관련해서 여러분께 알려드릴 사실이 몇 가지 있습니다. 제가 전에 약속했던 X선 사진도 포함해서요. 하얀 옷을 입고 수술 장갑을 끼고 마스크를 쓴 모습으로 제 옆에 있는 이 신사분은 십중팔구 왼쪽 엉덩이에 관한 세계 최고의 전문가일 겁니다. 선생님, 기자분들을 위해 대통령님의 왼쪽 엉덩이를 찍은 이 X선 사진에 대해 한 말씀 해주시겠습니까? 선생님의 장갑이 더러워지지 않게 제가 사진을 들고 있겠습니다."

"감사합니다, 블럽. 신사 숙녀 여러분, 이건 추호도 의심의 여지가 없습니다. 왼쪽 엉덩이가 분명합니다."

"감사합니다, 선생님. 질문 받겠습니다."

"블럽, 월터 리드에서 들려온 소식에 따르면, 대통령께서 암살당하셨다고 합니다. 알몸으로 자루에 갇혀 익사하셨다고 하던데요."

"여러분, 주제에서 벗어나지 맙시다. 여기 계신 선생님은 이 X선 사진을 여러분께 확인해주시려고 미네소타에서 왼쪽 엉덩이 수술을 중단하고 여기까지 비행기로 날아오셨습니다. 선생님을 필요 이상으로 여기 붙잡아두면 안 되겠죠?"

"선생님, 그 왼쪽 엉덩이가 대통령님의 것이라고 완전히 확신하십니까?"

"물론입니다."

"어떻게요?"

"허튼소리 담당관이 그렇게 말씀하셨으니까요. 담당관이 제게 대통령님의 것이 아닌 엉덩이 사진을 주면서 그것이 대통령님 것이라고 말할 이유가 없지 않습니까."

(기자단 웃음)

"…… 쇠파리 같은 놈, 클럽 댄서 년 놈, 내시 놈, 긴팔원
숭이 놈, 생식샘이 없는 놈, 임질 보균자 놈……."

부통령의 전국 컬러 슬라이드 발전 협회 연설을 여기서
끊고, 전국에 나가 있는 우리 기자들을 연결하겠습니다.

먼저 시카고의 모턴 모멘터스Momentous, '중대하다'는 뜻 기자.

"여기 윈디시티의 분위기는 충격과 경악 그 자체입니다.
중서부에 위치한 이 대도시 시민들은 너무 놀란 나머지 라디
오와 텔레비전으로 전해지는 워싱턴발 속보에 전혀 반응하
지 못하는 것 같습니다. 골드코스트에서 스키드로까지, 북쪽
의 부유한 교외에서 남쪽의 지저분한 빈민가까지, 분위기가
거의 똑같습니다. 시민들이 아무 일도 없었던 것처럼 평범한
일상을 보내고 있다는 뜻입니다. 심지어 국기도 깃봉에서 반
쯤 내려지지 않고, 산들바람을 맞으며 하늘 높이 휘날리고 있
습니다. 이 나라의 지도자가 불행한 일을 당했다는 소식이 슬
픔에 잠긴 이 도시에 전해지기 전과 똑같습니다. 트릭 E. 딕
슨은 잔혹하고 기괴하게 살해당했습니다. 전세계의 태아들
을 위한 순교자입니다. 이것은 시카고 시민들의 정신과 영혼
이 받아들일 수도, 이해할 수도 없는 일입니다. 이 대도시 전
역에서 시민들의 삶은 계속됩니다. 제 바로 뒤에 보이는, 세
계적으로 유명한 루프 지구의 풍경에서도 알 수 있을 겁니다.

쇼핑객들이 이리저리 바삐 움직입니다. 시끄러운 자동차 소음도 끊이지 않습니다. 식당에는 손님들이 가득하고, 전차와 버스도 만원입니다. 그렇습니다, 대도시 러시아워의 미친 듯이 분주한 모습입니다. 마치 여기 시카고 시민들이 잠시라도 평범한 하루의 평범한 일상에서 주의를 돌려 이 무시무시한 비극을 마주 보는 일을 두려워하는 것 같습니다. 지금까지 충격과 경악에 휩싸인 시카고에서 모턴 모멘터스였습니다."

이제 로스앤젤레스의 피터 파이어스Pious, '경건하다'는 뜻 기자 연결합니다.

"시카고 거리의 시민들이 경악한 모습이라면, 트릭 E. 딕슨의 고향인 이곳의 수영장에서 평범한 사람들이 어떤 기분일지 상상이 가실 겁니다. 시카고 시민들은 소식에 전혀 반응하지 못할 뿐이지만, 이곳의 풍경은 그보다 훨씬 더 비통합니다. 제가 이야기를 나눠본, 아니 이야기를 나눠보려고 시도했던 캘리포니아 주민들은 감정적으로 반응할 수 있는 범위를 훨씬 넘어선 일과 맞닥뜨린 아이들과 다를 바 없습니다. 트릭 E. 딕슨이 자루 속에서 발견되었다는 비극적인 소식을 듣고도 사람들은 키득거리기만 할 뿐입니다. 이런 걸 가리키는 캘리포니아식 표현이 분명히 있습니다만, 귀에 남는 건 당황한 아이가 키득거리는 것 같은 그 웃음소리입니다. 그 웃음을 터뜨린 사람 자신은 이미 한참 전에 높은 다이빙대에서 다

이빙을 하거나 스포츠카를 몰고 가버렸는데도 말이죠. 그건 여기가 트릭 E. 딕슨의 고향이고, 여기 사람들이 트릭 E. 딕슨의 사람들이기 때문입니다. 여기서 딕슨은 그냥 대통령이 아니라 친구이자 이웃이었습니다. 햇빛과 바다와 파란 태평양이 낳은 건강한 아이, 이곳의 주민이었습니다. 황금 주라고 불리는 캘리포니아의 건강함과 화려함 그 자체였습니다. 이제 황금 서부의 황금 아이는 갔습니다. 캘리포니아 주민들은 흐느끼는 소리를 억누르고 눈물을 감추기 위해 키득거리기만 할 뿐입니다. 로스앤젤레스에서 피터 파이어스였습니다."

다음은 뉴욕시의 아이크 아이러닉Ironic, '역설, 모순적인'이라는 뜻 입니다.

"트릭 E. 딕슨이 뉴욕시에서 사랑받았다는 말을 믿은 사람은 없습니다. 딕슨이 한때 제 뒤에 바로 보이는 여기 5번 애비뉴의 화려한 아파트에서 살았던 것은 사실입니다. 하지만 그를 이 도시의 주민이라기보다는 워싱턴에서 도망쳐 와서 공직으로 되돌아갈 때를 기다리고 있는 난민으로 보는 사람이 대부분이었습니다. 딕슨이 1969년에 대통령 자리에 올랐을 때도 뉴욕 시민들은 그다지 감탄한 것처럼 보이지 않았습니다. 그러나 막상 딕슨이 세상을 떠나자 갑자기 과거 이웃이었던 그에 대한 깊은 애정 또는 사랑이 사방에서 드러나고 있습니다. 물론 냉소주의라는 껍질을 뚫고 들어가 그 속의 사랑을 보려면 뉴욕 시민들에 대해 아주 잘 알고 있어야 합니다. 그러나 오늘 여기 뉴욕에서는 그것이 분명히 드러납니다. 지루하고 무심해 보이는 버스 운전기사에게서, 성질 급한 여성 판매원에게서, 아무것도 아닌 일로 화를 내는 택시기사에게서, 지친 표정으로 지하철을 가득 메운 퇴근길 노동자들에게서, 보워리 거리에 멍한 눈으로 늘어선 주정뱅이들에게서, 개에게 입마개를 씌우라는 요구를 오만하게 거절하는 부유한 어퍼이스트사이드의 귀부인에게서. 잘 살펴보아야 하지만 분명히 존재했습니다. 트릭 E. 딕슨에 대한 사랑이…… 하지만 이제 딕슨은 갔습니다. 사람들이 지루함과 무심함과 성급함과 분노와 피로와 멍한 정신과 오만함으로 가슴속 깊은 감정을 그에게 미처 표현하기도 전에 갔습니다. 그렇습니다, 씁쓸한 아이러니입니다. 딕슨이 자루 속에서 죽은 뒤에야, 그가 힘겹게 얻은 사랑을 뉴욕 시민들이 그에게 내놓았으니 말입니다. 살아 있었다면 그에게 정말로 의미 있는 일이었을 텐데. 하기야 오늘은 씁쓸한 아이러니의 날입니다. 딕슨이 이방인처럼 살다가 오래전 잃어버린 아들처럼 세상을 떠난 뉴욕 시, 슬픔에 휩싸인, 그리고 어쩌면 죄책감에도 짓눌리는 듯한 5번 애비뉴에서 아이크 아이러닉이었습니다."

　전국에서 들어오는 보도들은 방금 시카고, 로스앤젤레스, 뉴욕에서 저희 기자들이 전한 소식을 확인해주고 있습니다. 국민들이 너무 놀라거나 가슴이 아파서, 닉슨 대통령의 암살 소식에 평범하게 눈물을 흘리거나 애도의 말을 하는 반응조차 보이지 못한다는 보도들입니다. 그렇습니다, 슬픔을 드러내는 평범한 반응으로는 현재 국민들이 느끼는 감정을 표현하기에 확실히 부족하기 때문에, 국민들은 당분간 그런 일이 아예 일어나지 않은 것처럼 굴고 있습니다. 아니면 당황과 경악 때문에 키득거리거나, 쓰러진 지도자에 대한 깊은 애정이 안에서 부글부글 끓고 있는데도 퉁명스러운 외양으로 감추려 하기도 합니다.

그럼 이런 짓을 저지른 그 미친 인간은 어떻게 되었을까요? 워싱턴의 FBI 본부를 다시 연결합니다.

"맞습니다, 저희는 이런 짓을 저지른 자가 미친 인간이라고 확신합니다."

"그럼 보이스카우트는요? 그 칼은? 루이빌 슬러거 방망이는?"

"아, 확실한 증거를 배제할 생각은 없습니다. 조금 전 제 말은 이번 일의 배후에 있는 두뇌들에 관한 겁니다. 좀 더 정확히 말하자면, 두뇌가 없는 인간들이죠. 그것이야말로 우리의 첫 번째 단서입니다. 모든 걸 차치하고, 대통령에게 이런 짓을 저지른 건 상당히 멍청한 일입니다. 자, 대통령님이 여기 있습니다. 그리고 그들은 이런 멍청한 짓을 저질렀습니다. 만약 누군가가 못된 장난삼아 저지른 일이라면, 적어도 제게는 전혀 재미있지 않습니다. 자루에 쑤셔 넣은 사람이 그냥 **아무나**가 아니라 미국 대통령이잖습니까. 대통령이라는 자리의 위엄이 어떻게 됐습니까? 대통령 본인에게는 존경심이 없다 해도, 대통령직에 대해서는요? 제가 개인적으로 가장 괴로운 것이 그 부분입니다. 미국 대통령이 알몸으로 그렇게 구부러져 있는 모습을 민주주의의 적들이 본다면 무슨 생각을 하겠습니까? 제가 말씀드릴까요? 그들은 더할 나위 없이 행복해질 겁니다. 놈들이 사람들을 세뇌해서 공산주의자로 만들 때 즐겨 사용하는 선전이 바로 그런 종류거든요."

"그렇다면 암살범이 미친 인간인 동시에 민주주의의 적이라고 생각하십니까?"

"그렇습니다. 말씀드렸듯이, 못된 장난이라고도 생각합니다. 다행히 우리는 민주주의의 적으로서 못된 장난을 즐기는 미친 인간 모두에 대해 완벽한 자료를 갖고, 항상 감시하고 있습니다. 따라서 우리의 범인, 그 미친 인간을 찾는 데 별로 어려움이 있을 것 같지 않습니다. 설사 우리가 그자를 찾아내지 못하더라도, 보스턴에서 온 그 보이스카우트들이 있잖습니까. 이번 일을 저질렀다고 이미 자백한 그놈들이 보험이 되어줄 겁니다. 따라서 전체적으로 봤을 때, 우리의 처지가 지난

번보다 훨씬 더 나은 편이라고 말할 수 있습니다. 지금은 그저 백악관에서 진행신호가 나오길 기다리는 중입니다……."

"가장 저명한 하원의원이자 공화당의 탁월한 정치인이 며 돌아가신 대통령이 속을 털어놓는 친구였던 프로드^{Fraud,} '협잡꾼, 사기꾼'이라는 뜻 하원의원이 저희 스튜디오에 나와주셨습니 다. 의원님, 오늘은 우리나라 역사에서 슬픈 날입니다."

"그렇습니다, 오명에 파묻힐 날이죠. 저는 그렇게 확신 합니다. 사실 저는 오늘을 오명에 파묻힐 날로 선포하고 앞 으로 그렇게 기념하자는 법안을 의회에 제출할 예정입니다. FBI의 히호 반장이 말한 것처럼, 이번 일은 대통령직에 대한 존경심의 부재를 보여줍니다. 암살범은 대단히 무례한 인간 이며, 게다가 십중팔구 미친 인간이기도 할 것이라는 말에 저 도 동의합니다."

"백악관이 왜 지금도 암살 여부를 확인해주지 않는지 짐 작 가시는 것이 있습니까, 의원님?"

"이것이 아주 민감한 문제라는 점에 대해서는 말할 필요 도 없을 겁니다. 따라서 백악관은 신중하게 움직이고 있습니 다. 무엇보다도 먼저, 국민들의 반응을 가늠해보고 싶겠죠. 그다음에는 물론 전세계의 반응도 고려해야 합니다. 한편에 는 우리의 지원에 의지하는 동맹국들이 있고, 다른 한편에는 우리 갑옷에 틈이라도 생기지 않나 항상 눈을 번뜩이는 적들이 있습니다. 이런 점을 모두 고려할 때, 이번 일을 완전히 덮어버리는 편이 장기적으로 우리의 완전성과 신뢰성에 이로울 것 같다는 말에 여러분도 동의하실 수밖에 없을 거라고 생각합니다. 현재 백악관에서도 이런 식의 논리가 막후에서 펼쳐지고 있을 겁니다."

"영부인께서도 상황을 알고 계십니까?"

"아, 물론이죠."

"어떤 반응을 보이셨나요?"

"처음에는 상당히 압도된 반응을 보이셨죠, 당연히. 하지만 아시다시피 영부인은 감정이 크게 격동하는 순간에도 아주 단아한 분이에요. 따라서 암살범이 암살을 실행한 방식이 지극히 악취미라는 점을 가장 먼저 지적하셨습니다. 자루는 차치하더라도, 대통령을 죽일 때 최소한 셔츠와 타이와 재킷은 입혔어야 한다는 거죠. 존 F. 카리스마의 경우처럼. 영부인은 병원 옷장에 세탁소에서 찾아온 정장이 있었다면서, 다른 사람도 아니고 대통령이라면 언제나 그 자리에 어울리는 옷을 깔끔하게 입는 것이 얼마나 중요한 일인지를 암살범이 알아차리지 못한 것을 보니 가정교육이 아주 형편없는 사람인 것 같다고 말했습니다. 어떤 가정교육을 받았기에 그런 일을 잊어버릴 수 있는지 궁금하다고요. 정확한 사실이 파악

될 때까지 암살범의 가정을 탓할 생각은 없다고 말했지만, 암살범이 어릴 때 집에서 훌륭한 옷차림에 조금만 더 신경을 썼으면 좋았을 것 같다고 생각하는 것이 분명했습니다."

"프로드 의원님, 어제 코펜하겐을 파괴한 것에 대한 보복으로 대통령이 암살된 것이 아니냐는 추측이 있었습니다. 의원님 생각은 어떻습니까?"

"별것 아니라고 생각합니다."

"자세히 설명해주시겠습니까?"

"음, 그런 주장은 말이 되지 않습니다. 대통령 본인이 텔레비전에 출연해서 미국 국민들에게 덴마크의 상황과 우리가 어쩌면 코펜하겐을 파괴하게 될지도 모르는 이유를 설명했잖습니까. 꼭 그럴 필요는 없었는데도 그렇게 했습니다. 국민들에게 모든 사실을 알리고 싶어서요. 그러니 그 일과 관련해서 어떻게 대통령을 탓할 수 있는지 모르겠습니다. 그리고 제가 이 훌륭한 나라를 찬양하며 꼭 말씀드리고 싶은 것은, 저기 위스콘신의 노인 몇 명만 제외하면, 물론 그 노인들은 덴마크 혈통으로 판명되었으니 이번 일을 전혀 객관적으로 볼 수 없습니다만, 그리고 거리에서 덴마크어로 추잡한 말을 외쳐대며 시위를 벌이는 소수의 무책임한 자들을 제외하면, 이 나라 국민 절대다수는 코펜하겐 파괴를 연대의 정신으로 침착하게 받아들였다는 점입니다. 이런 문제에서 우리가 국민들에게 기대하는 것이 바로 그런 태도죠. 그러니 이번처럼 훌륭한 정책 결정 때문에 대통령을 암살하려 할 사람이 과연 어디에 있을지 모르겠습니다. 설사 미친 사람이라 해도 마찬가지입니다. 대통령은 정신병자를 포함해서 이 나라 국민의 요구에 응했을 뿐입니다."

"의회의 요구이기도 했죠?"

"음, 아시다시피 어디 오지의 외진 마을 하나를 폭격한 일로 정국을 혼란에 빠뜨리려고 드는 하원의원이나 상원의원은 안타깝게도 극히 소수입니다. 그런 사람들은 헤드라인 추종자라고 불러도 될 것 같습니다만. 그 마을이 중요한 곳이라지만 지금껏 누구도 이름을 들어본 적이 없고, 폭격 이후에 그 마을의 소식이 다시 들려오는 일도 없을 겁니다. 그러니 그런 정치인들이 코펜하겐 같은 곳을 핵으로 파괴한 일을 가지고 과연 어떻게 나올지는 여러분의 상상에 맡기겠습니다. 하지만 그 사람들을 대신해서 이것만은 말씀드리겠습니다. 아무리 **그들**이라도 폭격 지점 같은 문제를 놓고 서로 의견이 다르다는 이유로 대통령을 암살할 만큼 무모하지는 않을 겁니다. 세상에 완벽한 사람은 없습니다. 어떤 대통령은 이걸 타격 목표로 선택하고, 또 다른 대통령은 저걸 타격 목표로 선택합니다. 하지만 다행히 이 나라에는 암살에 의지하지 않아도 그런 의견 차이를 수용할 수 있는 정치 시스템이 있습니다. 판단상의 실수라든가 그런 일이 결국에는 알아서 조정되어서 우리가 꼭 파괴해야 하는 곳을 파괴하게 된다고 말해도 될 것 같습니다. 사실 코펜하겐 파괴와 관련해서, 대통령을 가장 철저히 비판하는 상원의원들조차 그만한 규모의 결정을 대통령이 가볍게 또는 임의로 내렸을 리가 없다는 의식을 갖고 있는 것 같습니다. 또한 진정한 책임감을 갖고 있는 하원의원들이라면 대부분 저처럼 생각할 겁니다. 스칸디나비아에서 이렇게 강력하게 힘을 과시했으니, 과거 동남아시아에서 그랬던 것처럼 우리가 그곳에서 수렁에 빠질 것 같지는 않다고요."

"그러니까 '덴마크에는 썩은 구석이 있다'는 연설과 이번 암살 사이에 아무 관련이 없다고 보시는 겁니까?"

"그럼요, 그럼요. 솔직히 대통령 살인사건이 대통령의 말이나 행동과 관계가 있다고 믿기는 힘듭니다. 인간 생명의 신성함과 아직 태어나지 않은 태아들을 위한 용감한 발언까지 포함해서 말이죠. 이번 일은 FBI의 설명처럼 터무니없고 정신 나간 일입니다. 미친 사람의 소행이에요. 그것도 영부인의 말씀처럼 아주 무례한 미친 사람의 소행입니다. 알몸의 미국 대통령을 물이 가득한 자루 속에 태아 자세로 쑤셔 넣는 괴상하고 촌스러운 일에서 합리적인 정치적 동기를 찾으려하는 것이 제가 보기에는 완전히 시간 낭비 같습니다. 그건 어떤 운율도 이성도 없는 폭력적이고 무례한 행동이에요. 그러니 합리적이고 분별 있는 사람이라면 누구라도 정당한 분노를 느낄 수밖에 없을 겁니다."

"……털북숭이 놈, 여러분도 아는 그것이 반쯤 서다 만놈, 망치와 낫 지지자 놈, 하드코어 포르노 제작자 놈, 쾌락주의자 놈, 폭주족 놈, 스스로를 돕지 않아서 하느님도 도와주지 않을 놈, 양성구유 놈, 지식인인 척하는 놈, 하이재커 놈, 히피 놈, 히스 같은 놈, 호모 놈, 모든 종족의 깡패 놈, 헤로인 밀매꾼 놈, 위선자 놈……."

"그렇습니다, 조문이 시작되었습니다. 그들 자신도 자기가 그를 이렇게까지 사랑하는지 몰랐을 겁니다. 기차로 오는 사람, 버스로 오는 사람, 승용차로 오는 사람, 비행기로 오는 사람, 휠체어로 오는 사람, 걸어서 오는 사람. 지팡이나 목발을 짚고 오는 사람도 있고 의족으로 걸어오는 사람도 있습니다. 그래도 그들은 용감하게 옵니다. 옛날 옛적의 순례자들처럼, 자신이 이렇게까지 사랑하는지 몰랐던 그에게 인사하기위해서. 아직 때가 되지도 않았는데 사신의 손에 거둬진 그가언젠가 약속했던 것처럼 마침내 우리를 하나로 모으고 있습니다. 정말로 그렇게 하고 있습니다. 평범한 사람들, **그의** 국민들, 이발사와 정육업자와 중개인과 여리꾼, 재계의 거물과 박제사와 말없이 땅을 가는 사람들. 감히 말하건대, 이것은 사신의 낫에 무자비하게 베인 그가 슬프게도 미처 살아서 보지 못한 시위입니다. 그가 지상에서 살던 그 짧은 기간과 백악관에서 살던 삼 년 동안 사람들은 그에게 찬사가 아니라 굴욕을 주기 위해, 경의와 존경을 표하기 위해서가 아니라 소리 높여 욕설을 외치기 위해, 그를 얼마나 경멸하는지 드러내기 위해 시위를 벌였습니다. 하지만 오늘 밤 포토맥 강변, 이 나라만큼이나 오랜 역사를 자랑하는 그 강변과 그가 그토록 사랑했던 벚나무 아래, 그리고 너무 일찍 사신에게 거둬진 그가 어느 무례한 미친 인간이 자루를 들고 나타나는 바람에 목숨을 잔인하게 도둑맞지 않고 제대로 요청을 받았다면 기꺼이 목숨을 걸고 지켰을 가치들이 그대로 구현된 이 도시의 우울하고 장엄한 풍경 속에 모여드는 사람들은 욕설을 외치지도 않고 경멸을 드러내지도 않습니다. 미친 인간들은 과거에도 있었고 앞으로도 있겠지만, 이 나라는 이겨냈습니다. 감히 말하건대, 앞으로도 이겨낼 겁니다. 미친 인간들은 이 권력의 회랑과 정의의 전당과 미덕의 벽장과 품위의 식품 엘리베이터와 이상주의의 지하실을 지나가면서 결국 우리를 더 강하지는 않을망정 더 현명하게 만들어줄 겁니다. 더 현명하지는 않을망정 더 강하게 만들어줄 수도 있고요. 아니면 둘 중 하나가 아니라 안타깝게도 둘 다 이루어줄지 모릅니다. 지금까지 수도 워싱턴에서 뉴스를 설득력 있게 분석해드린 이렉트 시비어헤드였습니다."

"브래드 베이소스Bathos, '점강법' 또는 '문체의 진부함'이라는 뜻입니다. 저는 지금 워싱턴 거리에 나와 있는데요, 가슴이 찢어지는 슬픈 광경이 벌어지고 있습니다. 대통령이 월터 리드 병원에서 자루 속의 시신으로 발견되었다는 소식이 처음 전해진 뒤로 이 위대한 나라의 국민들, **그의** 국민들이 전국에서 수도로 몰려오고 있습니다. 수천, 수만 명의 사람들이 백악관 주변 도로에 가만히 서서 충격과 격동이 역력히 드러난 표정으로 고개를 숙이고 있습니다. 드러내놓고 우는 사람도 많은데, 그중에는 성인 남자도 적지 않습니다. 여기 인도 연석에 앉은 남자도 양손으로 머리를 감싸고 조용히 흐느끼고 있군요. 어디서 오셨느냐고 제가 한번 물어보겠습니다."

"저는 여기 사람입니다. 워싱턴에 살아요."

"지금 인도 연석에 앉아서 양손에 머리를 묻고 조용히 울고 계신데요, 이유를 여쭤봐도 되겠습니까? 말로 설명해주실 수 있겠어요?"

"죄책감입니다."

"개인적으로 죄책감을 느낀다고요?"

"네."

"왜죠?"

"제가 한 짓이니까요."

"**당신**이 한 짓? **당신**이 대통령을 죽였습니까?"

"네."

"저기, 이건 중요한 문제입니다. 경찰엔 말씀하셨습니까?"

"사방에 다 얘기했어요. 경찰. FBI. 심지어 피터 딕슨한 테도 전화를 하려고 했어요. 하지만 전부 하는 말이라고는 이런 시기에 자기들을 생각해줘서 고맙다는 말뿐이었습니다. 딕슨 부인은 나더러 고맙다면서 멋있는 분이라고 하더라고요. 그러고는 전화를 끊었습니다. 난 반드시 **체포**되어야 해요. 신문에 나야 해요. 내 사진이. 그리고 크게 제목이 달리는 거죠. **딕슨의 살인범.** 그런데 아무도 내 말을 안 믿습니다. 자요, 이건 내가 몇 달 전부터 이 일을 계획하면서 메모해둔 수첩입니다. 내가 친구들과 통화한 내용을 녹음한 것도 여기 있어요. 그리고 이것도! 내가 서명한 자백서입니다! 이걸 작성할 때 심지어 심리적으로 압박을 당하는 상태도 아니었어요. 해먹에 누워서 썼습니다. 헌법상 내 권리가 뭔지도 잘 알고 있었고요. 사실 내 변호사도 그때 나랑 같이 있었어요. 같이 술을 한잔하고 있었죠. 자요, 읽어보세요. 내가 범행 동기부터 모든 걸 여기 적어두었습니다."

"선생님, 아주 흥미로운 이야기입니다만 저희는 이만 가 봐야 합니다. 이 엄청난 인파를 뚫고 나아가야 해요…… 저 기 잠든 아기를 품에 안은 매력적인 젊은 여성이 있군요. 인 도에 서서 멍하니 백악관을 바라보고만 있어요. 저 시선 속에 얼마나 많은 고통이 숨어 있는지는 하늘만이 아실 겁니다. 부 인, 지금 백악관을 보면서 무슨 생각을 하시는지 저희 시청자 들에게 말씀해주시겠습니까?"

"그가 죽었어요."

"크게 충격을 받으신 것 같은데요."

"나도 알아요. 내가 해낼 수 있을 줄은 몰랐어요."

"해내다니요?"

"죽이는 거. 살인. 그가 말했어요. '내가 한 가지만 완전 히 분명하게…….' 나는 그가 '말하겠습니다'라고 말을 마치 기도 전에 그를 자루에 넣었어요. 내가 끈을 비틀어 자루를 묶었을 때 그 사람의 표정을 당신도 봤어야 하는 건데요."

"대통령의 표정 말입니까? **당신**이……."

"그래요. 내 평생 그렇게 큰 분노는 처음 봤어요. 그렇 게 불같이 화를 내는 사람은 처음 봤어요. 하지만 내가 자루 밖에서 자기를 빤히 바라보는 걸 알아차리고는 갑자기 텔레 비전에 나올 때랑 똑같은 표정을 짓더라고요. 완전히 진지하 고 책임감 있는 표정. 그러고는 입을 열었는데, 아마 '말하겠습니다'라고 말하려던 것 같아요. 하지만 그걸로 끝이었어요. 아마 그 사람은 그 일이 처음부터 줄곧 텔레비전으로 중계되는 줄 알았던 것 같아요."

"저…… 그 아기도 같이 있었습니까? 그러니까 부인이 그……."

"아, 그럼요, 그럼요. 물론 얘는 너무 어려서 정확히 무슨 일이 있었는지는 기억하지 못하지만요. 그래도 얘가 자라서 이렇게 말할 수 있으면 좋겠어요. '우리 엄마가 딕슨을 죽일 때 나도 거기 있었어.' 상상해보세요. 내 어린 딸은 이러이러한 것을 완전히 분명하게 말할 것이라는 말을 누구도 하지 않는 세상에서 자라게 될 거예요. '그 일에 대해 오해하시면 안 됩니다'나 '나는 퀘이커 교도로서 전쟁을 정말 하고 싶지 않지만……' 같은 말도 전혀 들을 수 없겠죠. 절대, 절대, 절대, 절대. 내가 해냈어요. 정말로 해냈어요. 진짜 지금도 믿을 수가 없어요. 내가 그를 익사시켰어요. 차가운 물속에서. **내가.**"

"아, 거기, 젊은 남자분. 꼭 뭘 잃어버린 사람처럼 여기 백악관 앞에서 계속 왔다 갔다 하시는데요, 혼란스럽고 당혹스러운 표정입니다. 지금 뭘 찾고 계시는지 간단히 말씀해주시겠습니까?"

"경찰이요. 경찰관."

"왜요?"

"자수하려고요."

"슬픔에 잠긴 시민들이 모여 기도하고, 흐느끼고, 탄식하면서도 희망을 찾으려 애쓰고 있는 워싱턴 거리에서 지금까지 브래드 베이소스였습니다. 이렉트 시비어헤드 받아주세요."

"이렉트입니다. 저희는 지금 워싱턴 경찰청장과 함께 워싱턴 기념탑 꼭대기에 와 있습니다. 섀클스Shackle. '족쇄를 채우다. 구속하다'라는 뜻 청장님, 지금 저 아래에 모인 군중이 몇 명이나 되는 것 같습니까?"

"아, 여기 기념탑 주변만 해도 약 2만 5000명에서 3만 명입니다. 저쪽 백악관 앞에는 그 두 배쯤 되는 것 같고요. 게다가 지금도 시시각각 사람들이 쏟아져 나오고 있습니다."

"어떤 사람들이 모인 건지 설명해주시겠습니까? 평소에도 여기 워싱턴에 모여 시위하던 그 사람들입니까?"

"아뇨, 아뇨. 이분들은 파괴적인 행동을 할 생각이 전혀 없습니다. 오히려 최선을 다해 당국에 협조하고 있다고 생각합니다. 어쨌든 지금까지는 그렇습니다."

"'지금까지는'이라면……."

"음, 아직까지는 누구도 체포할 필요가 없었다는 뜻입니다. 어떤 상황이 벌어지든 절내 누구노 제쏘하지 **말라는** 백악관의 지시가 있었습니다. 아시다시피 그런 지시가 경찰에게는 조금 부담이 됩니다. 저 아래에 모인 사람들이 거의 다 스스로 체포**당하려고** 모인 것처럼 보이는 상황이니 더 그렇죠. 이런 일은 저도 처음 봅니다. 많은 사람이 체포해달라면서 무릎을 꿇고 애원하고 있어요. 온갖 평범한 사람들이 대통령을 죽인 범인이 바로 자신이라고 증명하는 문서나 사진이나 지문을 내놓습니다. 물론 죄다 백지만큼의 가치도 없는 것들이죠. 개중에는 심지어 웃음이 나오는 것도 있습니다. 아마추어가 급한 마음에 무턱대고 만든 티가 역력해서요. 그래도 그 사람들의 굳건한 의지만은 인정해줄 만합니다. 마치 범죄의 증거를 소지하고 있는 사람들처럼 우리 경찰관들을 붙잡고 늘어집니다. 그러고는 자기가 **가져온** 수갑으로 경찰관과 자신의 손을 채우려고 해요. 그 상태로 감옥에 끌려가려고. 순찰차를 어디에도 세울 수가 없는 형편입니다. 여섯 명쯤 되는 사람들이 순찰차 뒷좌석으로 뛰어 들어와서 '날 J. 에드거 히호_{FBI 본부인 J. 에드거 후버 빌딩의 이름을 변형시킨 것}로 데려가요, 얼른 밟아'라고 소리를 질러대거든요. 누군가를 체포할 때는 반드시 적절한 절차를 밟아야 하는데, 저 군중에게 그런 걸 한번 설명하려고 해보세요. 그래도 저희는 지금 최대한 저 사람들의 비위를 맞추는 중입니다. 도무지 제지할 수 없는 사람들한테는 나중에 잡으러 올 테니 그 자리에서 꼼짝 말고 기다리라고 말하죠. 밤에 천둥 번개가 치는 폭우라도 내리면 좋겠습니다.

그러면 고비를 넘길 수 있을 것 같아요. 빗속에 한참 서 있다 보면, 자기들이 증거를 **아무리** 많이 가져와도 체포당할 일이 없겠다는 사실을 깨닫고 집으로 돌아갈지도 모르죠."

"하지만 섀클스 청장님, 비가 안 오면 어쩝니까? 아침에도 사람들이 거리에 빽빽이 모여 있으면요? 관공서 건물로 출근하는 직원들은……."

"음, 조금 불편해도 참아야 할 겁니다. 아침에 커피를 마시며 휴식을 취하는 시간에 맞춰 사무실에 들어가려고 애쓰는 사람 때문에 우리 부하들이 오인 체포를 했다는 비난을 받게 만들 수는 없잖아요. 게다가 백악관에서 내려온 지시도 있고요."

"그렇다면 여기 모인 사람들이 한 명도 빠짐없이 모두 무고하다고 보시는 겁니까?"

"물론입니다. 죄가 있는 사람이라면 체포에 **저항**하겠죠. 도망을 치거나 그럴 것 아닙니까. 변호사를 요구하고 자신의 권리를 이야기하면서 고함을 질러댈 겁니다. 애당초 죄가 있는 사람을 가려내는 방법이 바로 그거잖아요. 하지만 여기 모인 사람들은 전부 '내가 했어요. 날 잡아가요'라고 말합니다. 이런 상황에서 어떤 경찰관이 사람을 체포한답니까?"

"브래드 베이소스입니다. 여기 펜실베이니아 애비뉴에

서 폭력사태가 발생했습니다. 3만 명 이상의 추모 인파가 쓰러진 지도자에게 작별인사를 하려고 모여 있는 백악관 출입문 바로 앞입니다. 새클스 청장이 여기 모인 사람들에 대해 당국의 지시에 순응하고 법을 존중한다고 칭찬하던 바로 그때, 정장을 입은 남성 열다섯 명 사이에서 난투가 벌어졌습니다. 경찰의 개입이 필요한 상황이었으나, 체포된 사람은 없습니다. 그 폭력사태에 관련된 남성 중 한 분이 지금 바로 제 옆에 있습니다. 어느 모로 보나 지금도 다소 흥분한 기색입니다. 선생님, 어쩌다 폭력사태가 발생한 겁니까?"

"음, 저는 그냥 여기 서서 제 볼일을 보고 있었습니다. 대통령을 살해한 범인이 바로 저라고 경찰관에게 자백하려고 했죠. 그때 단춧구멍에 꽃을 꽂은 화려한 남자가 리무진을 타고 나타나서 저와 경찰관 사이에 끼어들어 **자기가** 범인이라고 말했습니다. 곧 리무진 운전기사가 차에서 내려 저를 뒤로 밀어내면서, 우리 사장님이 말하는 걸 방해하지 마라, 사장님이 진짜 범인인데 아주 바쁜 분이다 어쩌고저쩌고, 너는 뭐하는 놈인데 그렇게 힘세고 높은 사람처럼 구냐 등등 떠들어댔습니다. 그다음에는 어떤 흑인 남자가 나타나서, 저는 흑인 남자들한테 전혀 불만이 없는 사람입니다, 그런데 이 남자는 정말 건방졌어요. 그놈이 하는 말이 우리 둘 다 거짓말을 하고 있다, **자기가** 바로 범인이다, 이러는 겁니다. 그러니까 운전기사가 그 남자한테 줄을 서서 차례를 기다리라고 말했는데, 그게 시발점이었습니다. 정신을 차리고 보니 남자 열다섯 명이 서로 **자기가** 범인이라면서 주먹을 휘두르고 있더라고요. 경찰관이 없었다면 누가 다쳤을지도 모릅니다. 농담이 아니에요. 정말 끔찍한 일이 벌어졌을지도 모릅니다."

"그럼 경찰에 대해서는 칭찬할 말밖에 없다는 겁니까?"

"네. 어느 순간까지는 그랬어요. 경찰관이 싸움을 효과적으로 말리긴 했는데, 사태가 다 끝난 뒤에 도무지 우리를 체포할 기색이 없는 겁니다. 사실 싸움을 말리고 우리를 분리시킨 뒤에 경찰관은 그냥 사라져버렸습니다. 어디서도 그 경찰관을 찾을 수 없었어요. 다른 사람들도 그 경찰관을 찾고 싶어 했습니다. 우리가 그 경찰관에게 범행을 자백하고 증거도 전부 줬지 않습니까. 그런데 경찰관이 증거를 어떻게 했는지 압니까? 그냥 찢어버렸어요. 우리한테서 도망치는 와중에도. 저는 비서에게 제 증거를 모두 복사해두라고 미리 지시했으니 다행이죠. 그래서 집에 가면 사본이 있거든요. 하지만 대부분의 사람들은 딱 한 부밖에 없는 자백서를 멍청하게 경찰관한테 줘버린 겁니다. 그 상황에서 **좋은** 일이라고는, 우리 열다섯 명이 여기 길에서 한데 엉켜 서로 머리통을 두들겨대는 모습을 많은 사람이 보았으니 음모를 꾸민 혐의로 체포될 가능성이 생겼다는 점뿐입니다. 그 전에 일단 경찰관을 찾아야 할 텐데요. 하지만 필요할 때는 사복형사라도 찾아봐야죠. 잠깐, 혹시 방송국에서 기자 양반한테 체포 권한 같은 걸 주지는 않았습니까?"

"……그래서 사람들이 계속 몰려옵니다. 저희에게 직접 그 이유를 말해주었는데요, 카리스마 대통령의 죽음을 애도하려고 워싱턴으로 왔을 때와는 다르다고 합니다. 살해당한 마틴 루서 킹의 영구차를 뒤따르려고 애틀랜타에 갔을 때와도 다릅니다. 살해당한 로버트 카리스마의 시신을 싣고 영면 장소로 향하던 그 비극적인 열차에 작별 인사를 하려고 철로로 나갔을 때와도 다릅니다. 오늘 밤 워싱턴으로 오는 인파는 아버지를 잃은 아이처럼 아무것도 모른 채 당황해서 오는 것이 아니옵니다. 그들은 죄책감 때문에 옵니다. 자백하러 옵니다. 경찰과 FBI에 '나 역시 죄가 있다'고 말하러 옵니다. 정말로 심오하고 감동적인 광경이며, 이 나라가 이제 성년에 이르렀다는 증거를 확실히 보여주옵니다. 정말로 증거가 필요한지는 잘 모르겠습니다만. 사람 또는 한 나라가 성숙했다는 것은 무슨 뜻입니까? 책임이라는 짐을, 그리고 그 위엄을 기꺼이 감당하겠다는 것 아닙니까? 정말로 책임감 있고 성숙한 모습이 아닐 수 없습니다. 가장 어두운 시기에 당황스럽고 고통스러운 어쩌고저쩌고 어쩌고저쩌고 죄책감을 깊숙이 들여

다볼 수 있는 나라라니요. 물론 희생양을 찾으려 하는 사람들이 있을 겁니다. 그런 자들은 언제나 있습니다. 원칙이 아닌 현실 속의 인간 본성이 바로 그러하니까요. 자기가 옳다는 믿음으로 벌떡 일어서서 '나는 아니오, 나는 아니오'라고 소리치는 사람들이 있을 겁니다. 그들은 죄책감을 느끼지 않아요. 결코 느끼지 않습니다. 죄를 저지른 건 항상 다른 사람이니까요. 번디와 키신저, 보니와 클라이드, 캘리와 카포네, 맨슨과 맥너마라…… 그렇습니다. 그들이 자신의 죄를 떠넘길 사람들은 무한히 많습니다. 그래서 지금 워싱턴에 모여 집단적으로 죄책감을 드러내는 사람들이 몹시 어쩌고저쩌고 어쩌고저쩌고 어쩌고저쩌고 어쩌고저쩌고 어쩌고저쩌고. 그 정신의 어쩌고저쩌고가 어쩌고저쩌고 어쩌고저쩌고 어쩌고저쩌고. 우리 아들들은 어쩌고저쩌고 어쩌고저쩌고 이유로 목숨을 바쳤고 품위 어쩌고저쩌고 어쩌고저쩌고 품위와 이성이 그렇습니다. 여기 워싱턴에 모여 대통령을 죽였다고 자백하려는 사람들을 비난하지 마십시오. 그들의 용기에 찬사를 보내고, 그들의 어쩌고저쩌고와 그들의 어쩌고저쩌고를 칭찬하십시오. 여러분과 저처럼 어쩌고저쩌고이기 때문입니다. 우리 모두 유죄입니다. 그걸 잊는다면 어쩌고저쩌고 어쩌고저쩌고 어쩌고저쩌고의 위험이 있을 뿐입니다. 지금까지 이 나라의 어쩌고저쩌고에서 이렉트 시비어헤드였습니다."

"…… 마조히스트 놈, 정맥주사로 마약을 맞는 놈, 자기가 다수인 줄 아는 소수집단 놈, 난봉꾼 놈, 자위행위를 하는 놈, 정신병자 놈, 염세가 놈, 마마보이 놈, 호들갑쟁이 놈, 겁쟁이 놈……."

"여러분, 여기 워싱턴 상황에 대한 전국의 관심이 높아지고 있기 때문에 우리는 원래 계획보다 다소 빨리 움직여, 반대편 엉덩이의 X선 사진을 오늘 밤 공개하기로 했습니다. 이렇게 대통령의 **양쪽** 엉덩이 X선 사진을 모두 공개함으로써, 즉 왼쪽을 공개하고 겨우 몇 시간 안에 오른쪽을 공개함으로써, 현 상황에 관한 전체적인 시각을 어느 정도 회복할 수 있기를 바라고 있습니다."

"암살을 말하는 겁니까, 블럽?"

"이런 시기에 그렇게 선동적인 단어를 써도 되는지 잘 모르겠습니다. 신문이 팔리는 데 기여할 수는 없겠지만, 저는 정확성을 위해 '상황'이라는 말을 고수하고 싶습니다."

"다시 말해서, 지금 모종의 '상황'이 발생했다는 사실은 인정하는 거네요."

"우리가 그걸 부인한 적은 없는 것 같은데요."

"장례식은 어떻게 진행됩니까, 블럽?"

"지금 상황에 대처하는 것이 먼저입니다. 장례식은 그다음 문제고요. 또 질문하실 분 있습니까?"

"지금 대통령의 시신은 어디에 있습니까?"

"편안히 쉬고 계십니다."

"자루 **속**에서 쉬는 겁니까, 아니면 자루 **밖**에서 쉬는 겁니까?"

"여러분, 너무 밀어붙이지 마세요. 대통령님은 편안히 쉬고 계십니다. 그 점이 중요해요."

"자루에 든 채로 땅에 묻히게 되나요, 블럽? 어떤 보도에 따르면, 대통령이 태어나지 않은 태아의 권리에 헌신한 만큼, 자루에 든 채로 장례를 치르는 편이 더 적절할 거라고 영부인이 결정하셨다던데요. 왕의 시신을 노새가 끄는 짐수레 행렬로 운반하는 것처럼 말입니다."

"영부인이 어떤 결정을 내리시든, 틀림없이 격조 높은 결정일 겁니다."

"블럽, 이름이 기억나지 않는 부통령은 어떻습니까? 지금도 연단에서 그런 일은 일어나지 않았다, 모두 거짓말이다, 라고 말하고 있나요? 부통령의 말이 무슨 뜻인지 아십니까?"

"노코멘트."

"블럽, 부통령이 연설 도중 이미 비밀리에 취임선서를 했다는 말이 사실입니까? 그래서 현재 부통령이 사실상 대통령이라고 하던데요."

"우리가 왜 그런 짓을 하겠습니까? 절대 아닙니다."

"대통령님, 왜 연설 도중 비밀리에 취임선서를 하셨는지 말씀해주시겠습니까? 딕슨 대통령이 암살당했다는 이야기들이 이 나라의 적이 퍼뜨린 거짓말이라고 주장하시지만, 사실은 부통령님이 이미 이 나라의 새 대통령이라고 하던데요."

"그 질문의 답은 누가 봐도 분명한 것 같습니다, 여러분. 나라에 대통령이 없으면 안 됩니다. 무진장 꽥꽥거리는 놈 옆에 대롱 같은 것이 없으면 안 되는 것처럼. 무루드 놈 옆에 대로가 필요한 것처럼. 물론 **드**리들, **드**리샤키스, **드**립냅 같은 놈들은 **눈이빨**을 내놓는 한이 있어도 그걸 바꾸고 싶겠지만, 나의 **맹**렬한 **맹**세와 우리 **진**실함의 **진**리는 **진**밟히지 않을 겁니다. 내가 대통령으로서 **복**수하겠다고 **복복**거리는 사람들의 **복**수심을 **복**출시키는 한은."

"이름이 기억나지 않는 대통령님이 대통령의 암살에 대해 전혀 모른다고 말씀하시는 건 의심의 손가락이 이름이 기억나지 않는 대통령님을 향할 수도 있다는 두려움 때문이라는 추악한 소문이 있는 건 사실입니다. 그 추악한 소문에 대해 하실 말씀이 있습니까?"

"그렇습니다. 이 문제에 대한 나의 감정이 나중에라도 의심받지 않게 하기 위해 하고 싶은 말이 있습니다. **크**립마다 돌아다니며 **크**리리니언을 십자가에 못 박는 **크**질한 놈들과 **크**쟁이들, 게다가 **크**두득놈들이 처음으로 **클**리포니를 위해 운동에 나선 뒤로 **크**래딜리어스를 석궁으로 쏴버린 그놈들, 우리한테 증거가 있습니다. 이놈들이 **크**드러대고 욕하다가 그냥 도망칠 수 있다고 생각했다면, 이 나라 방방곡곡에서 **캅**, **카**사닝, **크**리놀륨의 엄청난 불협화음이 일어날 겁니다. 비밀 **칼**리스탄과 준 **클**래퍼폼이 놈들을 데려다 쓰기보다 바들바들 떨게 될 정도로요."

"마침 추악한 소문 이야기가 나왔으니 여쭙겠습니다. 트리키 대통령님이 돌아가셨다는 걸 알면서도 계속 살아 있다고 말씀하신 건, 대통령에 취임하겠다는 의도를 공개적으로 발표했다가 내각 쪽의 반란이나 국민들의 무장 반란으로 뜻을 이루지 못하게 될까 봐 걱정스럽기 때문이라는 소문에 대해 한 말씀 해주시겠습니까? 사람들이 대통령님에게 자격이 없다며 대통령 취임을 막을까 봐 걱정하셨나요?"

"전혀 그렇지 않습니다. 제가 느낀 것은 **운**명이 **운**혹적으로 저를 **운**팽친 광범위한 **운**관에 **운**기는 **운**감이었습니다."

"트리키 대통령님을 자루에 든 채로 프리시어에 묻겠다는 딕슨 부인의 결정에 대해 한 말씀 해주시겠습니까? 딕슨 부인이 대통령님과 미리 상의하셨나요? 만약 상의하신 결과가 그렇다면, 이름이 기억나지 않는 대통령님의 정부가 트리키 대통령님의 정부처럼 아직 태어나지 않은 태아의 권리와 인간 생명의 신성함 등등에 헌신할 것이라는 뜻입니까?"

"음, 물론 저뿐만 아니라 몇 조, 몇 조나 되는 우리의 **지르코**, **질패그**, **지케나이트**⋯⋯."

"그렇게 해서 국가의 어쩌고저쩌고 어쩌고저쩌고가 지나갔습니다. 어쩌고저쩌고 어쩌고저쩌고 어쩌고저쩌고가 끝나고 어쩌고저쩌고 어쩌고저쩌고 공화국은 어쩌고저쩌고 이성이 어쩌고저쩌고했습니다. 그가 사랑했던 우리의 어쩌고저쩌고 어쩌고저쩌고 어쩌고저쩌고 복도 어쩌고저쩌고 어쩌고저쩌고 어쩌고저쩌고가 무겁습니다. 벚꽃도요. 어쩌고저쩌고 어쩌고저쩌고. 어쩌고저쩌고 어쩌고저쩌고, 어쩌고저쩌고 어쩌고저쩌고. 우리가 우리 문명을 어쩌고저쩌고 어쩌고저쩌고 하지 않게 어쩌고저쩌고 어쩌고저쩌고. 우리는 그럴 여유가 없습니다. 어쩌고저쩌고 어쩌고저쩌고 다시 일상으로 어쩌고저쩌고 어쩌고저쩌고. 어쩌고저쩌고 어쩌고저쩌고 어쩌고저쩌고 어쩌고저쩌고. 미국의 어쩌고저쩌고 어쩌고저쩌고, 가장 낮은 국민부터 어쩌고저쩌고 어쩌고저쩌고까지. 어쩌고저쩌고 어쩌고저쩌고 1776년 어쩌고저쩌고 어쩌고저쩌고? 어쩌고저쩌고. 어쩌고저쩌고 어쩌고저쩌고 1812년 어쩌고저쩌고 어쩌고저쩌고? 어쩌고저쩌고 어쩌고저쩌고. 어쩌고저쩌고 어쩌고저쩌고 1904년부터 1907년? 어쩌고저쩌고! 어쩌고저쩌고 어쩌고저쩌고 어쩌고저쩌고 어쩌고저쩌고 이성과 품위. 어쩌고저쩌고 어쩌고저쩌고 어쩌고저쩌고 어쩌고저쩌고 미국어쩌고의 실현 어쩌고저쩌고 어쩌고저쩌고 어쩌고저쩌고 어쩌고저쩌고. 백 년 전 어쩌고저쩌고 어쩌고저쩌고. 갈릴리의 어쩌고저쩌고 어쩌고저쩌고. 그래도 그들은 희망을 포기할 것 어쩌고저쩌고 어쩌고저쩌고. 어쩌고저쩌고 어쩌고저쩌고 어쩌고저쩌고 어쩌고저쩌고 벚꽃. 그 사람 이전의 어쩌고저쩌고 어쩌고저쩌고 어쩌고저쩌고 어쩌고저쩌고 어쩌고저쩌고 어쩌고저쩌고. 어쩌고저쩌고 어쩌고저쩌고 공화국. 어쩌고저쩌고 어쩌고저쩌고 국민. 어쩌고저쩌고 어쩌고저쩌고 어쩌고저쩌고 어쩌고저쩌고 나라의 수도."

자루 송덕문頌德文

(전국에 텔레비전으로 생중계된 빌리 컵케이크 목사의 연설)

오늘 저와 함께 여러분의 사전 853페이지를 펼쳐주시기 바랍니다. 우리 송덕문은 알파벳의 열두 번째 글자인 'L'에서 시작됩니다. 우리가 찾는 단어는 왼쪽 줄 다섯 번째, 'leaden'납 덩이 같다는 뜻'의 바로 아래에 있습니다. 바로 'leader'입니다. 자, 노아 웹스터 사전에 'leader'가 어떻게 풀이되어 있습니까?

이렇게 적혀 있군요. "leader는 이끄는 사람 또는 것이다." 이끄는 사람 또는 것. 이끄는 **사람** 또는 **것**.

바로 그저께 저는 어떤 잡지에서 시대를 통틀어 최고로 꼽히는 철학자 중 한 명의 글을 읽었습니다. "리더는 인간에게 가장 필요한 것 중 하나다." 또한 최근의 갤럽 조사에서는 미국인 중 98퍼센트 이상이 지도력을 믿는다고 대답했습니다. 지난여름 제가 유럽에 있을 때 그곳의 가장 뛰어난 젊은이 한 명에게서 자기 나라 십 대들이 무엇보다 원하는 것이 바로 지도력이라는 말을 들었습니다. 링컨 대통령도 살아 있을 때 같은 말을 했죠. 뉴턴도 마찬가지였습니다. 위대한 과학자 아이작 뉴턴 경도 살아 있을 때 그랬어요.

자, 리더가 이끄는 **사람** 또는 **것**이라는 노아 웹스터의 풀이는 **평범한** 의미에서 '리더'가 무엇을 뜻하는지 알려줍니다.

그러나 지금 우리 앞에서 여기 자루 속에 누워 있는 이 사람이 **평범한** 의미의 리더였는지는 잘 모르겠습니다. 제 생각에는 아니었던 것 같습니다. 이유를 말씀드리겠습니다. 오늘 아침에 제 친구인 정신과 의사와 이야기를 나눴는데, 그 친구의 말은 이러했습니다. "그는 평범한 리더가 아니었다." 저명한 외과 의사로 이 나라의 훌륭한 병원에서 심장이식수술을 담당하는 또 다른 친구도 제게 보낸 편지에서 같은 말을 했습니다. "그는 평범한 의미의 리더가 아니었다."

그가 평범한 의미의 리더가 아니었다면, 과연 무엇이었을까요? 그는, 다시 말하지만 **그는**, 비범한 의미의 리더였습니다.

이것이 무슨 뜻일까요? **비**범한 의미라는 것이? 다행히 노아 웹스터에는 '비범하다'의 뜻풀이도 있습니다. 여러분이 가진 사전 428페이지 오른쪽 줄, 여섯 번째 단어, 'extraneous^{무관계하다. 외부로부터의}' 다음. extraordinary. 노아 웹스터는 "평범한 것 너머의, 정연한 기성질서를 벗어난"이라는 뜻이라고 말합니다. 평범한 것 **너머의.** 정연한 기성질서를 **벗어난.**

이게 도대체 무슨 뜻일까요? 제가 집에서 받아보는 오스트레일리아 신문에서 바로 지지난 주에 읽은 기사가 있습니다. 그 나라에서 뉴스의 주인공이 된 어떤 사람에 관한 기사였습니다. 그 사람은 왜 뉴스의 주인공이 되었을까요? 수천, 수만 킬로미터나 떨어진 곳에 사는 내가 왜 그 사람의 이야기를 알게 되었을까요? 그 사람이 어떤 식으로든 **비**범했기 때문입니다. 그 사람은 인간들 중에서 드문 존재였습니다. 그 사람은 다른 누구도 아닌 자기 자신이었습니다. 다른 누구도 아닌 자기 자신.

그럼 노아 웹스터는 '자신himself'이라는 단어에 대해 뭐라고 할까요? "him을 강조한 형태." him을 **강조한** 형태. 오늘 우리를 이 자리에 모이게 한 자루 속 지도자의 **비**범한 점이 바로 여기 있습니다. 그는 다른 누구도 아닌 강조된 자기 **자신**이었습니다.

아시죠? 다시 말하겠습니다. 아시죠? 저는 전세계 평범한 지도자들의 장례식에 여러 번 참석했습니다. 여러분 역시 텔레비전이라는 기적 덕분에 그런 장례식에 참석했을 겁니다. 그런 슬픈 자리에서 사람들이 어떤 훌륭한 말을 하는지 우리 모두 잘 알고 있습니다. 그러나 제가 그 평범한 고위공직자들의 무덤 앞에서 사람들이 읊조린 훌륭한 말을 이 자리에서 그대로 되풀이하기만 해도, 여러분은 세상을 떠난 우리 대통령이 그 자신으로서 얼마나 진정으로 **비**범했는지 알 수 있을 겁니다. 그 자신으로서. 기억하시죠? 노아에 따르면, himself는 him을 **강조**한 형태입니다.

물론 이 훌륭한 행성의 평범한 지도자들을 헐뜯으려고 제가 이런 비교를 하는 것이 아닙니다. 겨우 삼 주 전 목요일에 제가 어떤 편지를 하나 읽었습니다. 급진적인 젊은이가 여자친구에게 쓴 것인데, 세계 지도자들을 헐뜯고 조롱하고 비웃는 내용이었습니다. 그건 괜찮습니다. 아시다시피, 예레미야도 사람들에게 조롱당했으니까요. 롯도 조롱당하고, 아모스도 조롱당했습니다. 예수님의 제자들도 조롱당했습니다. 우리 시대에는 막스 형제^{미국의 코미디언 4형제}가 조롱당했습니다. 리츠 형제^{미국의 코미디언 4형제}가 조롱당했습니다. 스리 스투지스^{미국의 코미디 공연팀}가 조롱당했습니다. 그러나 이 사람들은 우리 시대 최고의 연예인이 되어 수많은 사람의 사랑을 얻었죠. 남을 비웃고 조롱하는 사람은 항상 있습니다. 옛날 주크박스에서 가장 인기 있는 노래 중에 항상 '겉으로 웃고 속으로 울고'라는 노래가 있었다는 걸 아십니까? 지지난 일요일에 시사 잡지에서 읽은 기사도 있습니다. 그 글을 쓴 이 나라 최고의 심리학자는 겉으로 웃는 사람들 중 85퍼센트가, 무려 85퍼센트가 개인적인 불행 때문에 속으로는 운다고 말했습니다.

저는 세상의 평범한 지도자들을 헐뜯으려는 것이 아닙니다. 잠시 동안 정장을 입고 우리 곁을 거닐다가 이제 세상을 떠난 그 사람의 비범한 지도력을 여러분에게 분명히 설명하고 싶을 뿐입니다. 어제 오전 10시만 해도 최고급 호텔 엘리베이터에서 어떤 부인이 젊은이에게 이런 말을 하고 있었습니다. "역사상 그런 분은 전혀 없었어. 앞으로도 결코 없을 거야."

자, 다시 말하겠습니다. 평범한 지도자가 죽으면, 여기서 '평범하다'는 단어는 노아 사전 853페이지 첫 번째 줄 맨 아래에 실려 있는 뜻풀이 그대로입니다. '보통의' 또는 '흔하게 볼 수 있는.' 이런 **평범한** 지도자가 죽으면, 그 사람을 땅에 묻으면서 항상 사람들이 많은 말을 하는 것 같습니다. 그러나, **그러나,** 비범한 지도자가 죽으면, 다른 누구도 아닌 자기 **자신**이었던 사람이 죽으면, 우리는 무슨 말을 합니까?

과학적인 실험을 하나 해보겠습니다. 과학에 모든 답이 있는 것은 아니죠. 과학을 잘 아는 많은 친구가 제게 항상 하는 말입니다. 예를 들어 과학은 생명이 무엇인지 아직 답하지 못합니다. 최근의 갤럽 조사에서 내세를 믿는 미국인이 약 이십 년 전에 비해 5퍼센트 늘어난 것을 아십니까? 이처럼 과학에 모든 답이 있는 것은 아닙니다만, 그래도 지금까지 우리에게 훌륭한 돌파구를 많이 제공해준 것은 사실입니다.

그러니 과학적인 실험을 하나 해보겠습니다. **평범한** 사람에게 하던 말을 우리 앞의 이 **비범한** 사람에게 적용해보는 겁니다. 여기 이 자루 속에 누워 있는 사람에게 그런 말을 했을 때 귀에는 공허하게 들리고 가슴에는 거짓으로 느껴지는

지 말해보십시오. 반대의 경우도 마찬가지입니다. 이 실험이 끝난 뒤 여러분이 제게 이런 말을 하지 않을까요? "이런, 빌리, 당신이 옳았어요. 그런 말로는 이 사람을 전혀 설명할 수 없습니다. 그런 말이 이끄는 **사람** 또는 **것**을 설명해주기는 해도, 다른 누구도 아닌 강조된 자기 **자신**이었던 이 사람을 설명해주지는 못합니다."

이제 여러분께 고개를 숙일 것을 청합니다. 모두 고개를 숙이고, 눈을 감고, 귀를 기울이세요.

사람들은 **평범한** 지도자에 대해, 물론 그가 죽었을 때, 그 사람이 시야가 넓은 사람이었다고 말합니다.

또는 대단한 열정을 지닌 사람이었다고 말합니다.

또는 굳은 신념을 지닌 사람이었다고 말합니다.

또는 인권의 수호자였다고 말합니다.

또는 인류를 위한 전사였다고 말합니다.

또는 박식하고 능변이고 현명했다고 말합니다.

또는 소박하고 평화를 사랑하고 용감하고 상냥한 사람이었다고 말합니다.

또는 국민들의 이상을 그대로 구현한 사람이었다고 말합니다.

또는 한 세대의 상상력에 불을 붙인 사람이었다고 말합니다.

사람들은 **평범한** 누군가에 대해, 그가 죽었을 때, 나라와 세상이 헤아릴 수 없이 귀한 사람을 잃었다고 말합니다.

사람들은 **평범한** 누군가에 대해, 그가 죽었을 때, 그를 만난 것이 행운으로 돌아올 것이라고 말합니다.

예를 더 들어야 할까요? 지난달 어느 잡지에 인간 행동 연구의 권위자인 교수의 글이 실렸습니다. 자신의 의견에 군중이 동의하는지 발언자 스스로 충분히 알 수 있다고 썼더군요. 맞는 말씀입니다. 지금 여러분이 속으로 무슨 말을 하는지 알 것 같거든요. "그래요, 빌리, 당신 말이 옳아요. 여기 자루 속에 누워 있는 사람을 설명하는 말을 들으려고 귀를 기울여봤자 허사입니다. 그런 말은 우리가 잃어버린 **비**범한 지도자가 아니라 평범한 지도자의 이미지만 불러내는 표현이니까요."

그렇다면 이 **비**범한 인물을 어떤 말로 설명할 수 있을까요? 일 년 전 7월에 저는 아프리카의 어느 나라에 있었습니다. 그 나라 최고의 정치 전문가가 이분을 '미국 대통령'으로 부르는 걸 들었죠. 미국 대통령. 또 다른 아프리카 국가에서는 십 대 소녀가 이분을 '자유세계의 지도자'로 부르는 걸 들었습니다. 자유세계의 지도자. 제 친구이자 저명한 재판관으로 현재 남아메리카에 살고 있는 법조인은 얼마 전 제게 보낸 편지에서 흥미로운 말을 했습니다. 아르헨티나 부에노스아이레스의 최고급 호텔 엘리베이터에서 어떤 남자가 이분을 '미군 최고 통수권자'로 부르는 걸 들었다는 겁니다. 미군 최고 통수권자.

그러나 이분이 국민들의 마음속에서 이런 모습으로 살았습니까? 미국을 제외한 전세계 사람들에게는 이분이 그런 존재였는지도 모르겠습니다. 그러나 이분을 직접 알았던 우리로서는 아무리 장대한 표현이나 격식 있는 말을 동원해도 이분의 사람됨과 높은 평판을 조금도 전달할 수 없을 겁니다. 우리에게 이분은 **평범한** 의미의 지도자가 아니었으니까요. 그는 **비**범한 의미의 지도자였습니다. 그래서 그를 알았던 우리가 마치 반려동물에게나 붙일 법한 소박하고 허물없는 이름으로 그를 생각하는 겁니다. 어린 강아지에게나 붙일 법한 편안하고 친숙한 이름이죠.

다시 고개를 숙여주시겠습니까? 모두 고개를 숙이고 눈을 감은 채, 이분을 가장 잘 아는 우리가 생각하던 그의 이름, 그가 정장을 입고 우리 곁을 거닐 때는 너무 수줍어서 차마 입에 올리지 못하고 마음속으로만 그를 부르던 이름을 함께 기억해봅시다. 그것이 강아지에게도 붙일 만한 이름이라는 점이 얼마나 잘 어울립니까. 우리가 그에 대해 무엇보다도 생생히 기억하는 것은 바로 그가 개들을 깊이 존중했다는 점이니까요.

그 이름은 아주 소박했습니다, 여러분. 바로 트리키^{Tricky}라는 이름. 그렇습니다, 여러분에게, 제게, 그리고 미래의 모든 미국인에게 그는 언제나 트리키일 것입니다.

자, 모두 고개를 숙이고 눈을 감은 채 기도합시다. 오, 처벌을 쉽사리 내리지 않는 자비로우신 하느님. 주님의 종을 대신해서 저희가 겸허히 기도합니다. 그의 이름은 트리키인데……

6

귀환의 여정,
지옥의 트리키

동료 망자들이여

  오늘 밤 여기서 사탄이 한 모두 발언에 제가 당연히 대체로 동의한다는 점을 먼저 밝힙니다. 피조물들 사이에서 사악함이 최대한의 힘을 발휘하게 만들기 위해 무엇을 해야 하는지에 대해 저도 사탄의 말에 깊이 공감합니다. 절대 오해하면 안 됩니다. 현재 우리는 올바름의 왕국과 지독한 경쟁을 벌이고 있습니다. 평화의 하느님이 예전에 직접 말한 것처럼 "그의 발로" 우리를 "뭉개버리려고" 나섰다는 점, 그와 그의 천사 무리가 이 목적을 이루기 위해 무슨 일이든 불사할 것이라는 점에 대해 저는 추호도 의심하지 않습니다. 사악함을 우리끼리 누리는 것뿐만 아니라 모든 피조물에게 퍼뜨리는 것 또한 우리의 목표라는 사탄의 말에 저는 더할 나위 없이 동의합니다. 바로 그것이 지옥의 운명이니까요. 올바름의 목표 또한 단순히 자기들의 영역을 지키는 데서 그치지 않고 올바름을 퍼뜨리는 데 있으므로, 우리는 사악함을 모든 피조물에게 퍼뜨려야 합니다. 그러나 단순히 물러서지 않고 버티는 전략만으로는 올바름에 맞서 승리를 거둘 수 없습니다. 그러니 제가 사탄에게 동의하지 않는 부분은 지옥의 목표에 대한 생각이 아니라 그 목표에 도달하기 위한 수단에 대한 생각입니다.

사탄은 우리가 올바름과의 경쟁에서 앞서 있다고 말했습니다. 하지만 저는 그러한 상황 평가에 동의할 수 없습니다. 오늘날 지옥을 보면, 우리가 시대에 뒤떨어진 지도자의 프로그램을 따르는 것이 보입니다. 과거에도 효과가 없었고 미래에도 효과가 없을 많은 프로그램을 우리가 따르고 있다는 것이 제 생각입니다. 사탄의 정부에서 실패한 프로그램과 지도력은 지금 지옥에 필요하지 않다고 말하고 싶습니다. 저주와 파멸의 운명을 짊어진 자들은 에덴동산의 정책으로 돌아가는 것을 원하지 않습니다. 불복종의 아들딸들에게는 악행을 최고 수준으로 끌어올릴 대악마가 어울립니다. 낡고 닳은 사악함이 아니라, 하느님의 왕국을 뒤집어엎고 인간을 영원한 죽음 속으로 내동댕이칠 대담한 새 프로그램에 자신을 바칠 대악마입니다. 지금 우리에게 필요한 것은 드높은 희망만이 아닙니다. 교활한 간계와 지칠 줄 모르는 열성이 필요합니다. 실행 지도력이라는 분야에서, 대악마가 전체적인 분위기를 설정할 뿐만 아니라 남들을 이끄는 역할도 반드시 해야 한다고 저는 믿습니다. 대악마는 자신이 말하는 그대로 행동해야 합니다.

솔직히 저는 우리가 현재 이런 지도력을 경험하지 못하고 있다고 생각합니다. 여기에 도착한 뒤로 저는 저 외곽 어둠의 끝까지 가보았습니다. 바닥이 없는 구덩이의 바닥까지 내려가보았습니다. 꺼지지 않는 불길에 탄 적도 있고, 여러분과 함께 위안이라고는 찾을 수 없는 암흑을 겪기도 했습니다. 온갖 배경을 지닌 죄인들과도 이야기를 나누어보았습니다. 타락한 자들과 함께 식사하고 불경한 자들과 함께 신성모독을 저질렀습니다. 타락한 자와 악한 자의 눈을 들여다보았습니다. 온갖 종류의 사악함과 저열함에도 친숙해졌습니다. 지옥의 한쪽 끝에서 반대편 끝까지 움직이며 제가 주목한 한 가지는 우리가 사악함에 대해 갖고 있는 놀라운 믿음입니다. 자랑스럽게 말합니다. 지금껏 우리만큼 타락한 자를 본 적이 없다고. 우리가 굳이 차선에 만족할 필요가 없다고 제가 생각하는 이유가 바로 이것입니다. 악의의 화신 그 자체에 조금이라도 미치지 못하는 대악마에 우리가 적당히 만족할 필요는 없습니다. 피조물들의 모든 세상에서 가장 위대한 지옥의 거주

자인 여러분께 겸허히 말씀드립니다. 만약 당선된다면, 저는 바로 그런 대악마가 되겠습니다.

지옥을 둘러보면서 끔찍할 정도로 많은 울음소리와 이를 가는 소리를 들을 수 있었던 것이 제게는 큰 행운이었습니다. 거기서 제가 가장 강렬하게 받은 인상은 바로 이것입니다. 여기 지옥에 떨어진 여러분도 대악마의 급이 낮아졌다느니, 지옥 그 자체가 '구식'이고 '시대에 뒤떨어진' 것으로 폄하되고 있다느니 하는 말에 저만큼 염증을 내고 있다는 것. 뭐, 일부 사람들의 눈에는 '구식'으로 보일지 몰라도, 여기 살고 있는 우리에게 지옥은 집입니다. 게다가 태초까지 거슬러 올라가는 역사를 지닌 만큼, 역사상 가장 화려한 이름 중에도 지옥을 집으로 삼았던 사람들이 일부 있습니다. 이런 역사와 이런 기록을 갖고 있으니, 이제 우리가 지옥을 다시 지도에 올리고 대악마를 정당하게 인정해줄 때가 되었다는 것이 제 생각입니다.

그런 의미에서 제가 드릴 수 있는 말은, 현재 지상에 있는 사람 중 적어도 절반이, 제가 그곳에서 왔기 때문에 잘 아는 사실입니다, 적어도 절반이 지옥이 세상사에 미치는 영향은 고사하고 지옥의 존재조차 이미 믿지 않는다는 사실에 사탄은 만족하는 것 같다는 점입니다. 지하세계의 최고위 공직자인 대악마가 한때는 수많은 사람에게 사악함의 상징이었지만 지금은 저 지상에서 인간들이 내리는 모든 결정에 전혀 힘을 쓰지 못하는 존재로 여겨지는 것에도 사탄은 만족하는 듯합니다. 전세계 어린이 중 적어도 3분의 2가 불과 유황을 두려워하는 마음도, 심장을 갉아먹는 불멸의 벌레를 두려워하는 마음도 없이 잠자리에 든다는 사실에도 사탄은 만족하는지 모릅니다. 비슷한 맥락에서 아이들은 심지어 갈퀴도 두려워하지 않습니다. 사탄에게는 이것 또한 괜찮을지 모릅니다. 그러나 여기서 제 생각을 분명히 밝히겠습니다. 제게는 괜찮지 않습니다. 사탄은 현 상태에 만족할지 몰라도, 저는 아닙니다. 현재 살아 있는 사람들 대다수에게 지옥이라는 말이 추잡한 단어로만 인식된다면 분명히 문제가 있는 겁니다. 그러니 뭔가 조치를 취해야 합니다.

예전에 우리가 많이 듣던 '악마의 그물'이 어떻게 되었습니까? 동료 망자들이여, 그물에 구멍이 가득합니다.

예전에 사람들을 겁에 질리게 하던 '악마의 힘'은 어떻게 되었습니까? 동료 망자들이여, 힘이 빠져버렸습니다.

여러분이 '사탄의 역사役事'라는 말을 마지막으로 들은 것이 언제입니까? 기억은 하십니까? 어쩌면 사탄이 수천 년 동안 그 자리를 지키면서 그냥 현 상태에 만족해버렸기 때문인지도 모릅니다.

하지만 저는 아닙니다. 악마의 역사는 끝나는 법이 없습니다. 대악마는 저기 산 자들의 세상으로 올라가 올바름의 군세와 맞서 전쟁을 벌일 책임이 있습니다. 지옥의 주민들 앞에서, 그리고 세상 어디서나 사악함을 추구하는 모든 영혼 앞에서, 대악마는 진실에 거짓으로 맞설 책임이 있습니다. 빛을 어둠으로 가릴 책임이 있습니다. 사람들의 마음을 헝클어 실수로 이끌 책임이 있습니다. 증오를 조장할 책임이 있습니다. 싸움과 격투에 불을 붙일 책임이 있습니다. 이런 일을 다 해내지 못하는 대악마는 '어둠의 군주'라 불릴 자격이 없습니다. 그런 자는 지옥의 힘과 위신을 심각하게 손상시키며, 도처에서 사악함의 안정성을 크게 위협합니다.

혹시 여러분은 이렇게 말할지도 모르겠습니다. "다 좋고 멋진 말이긴 합니다만, 대통령님, 책임감 있는 대악마가 되기 위해 당신은 어떤 자격을 갖추고 있습니까?"

이번 선거에 저와 겨루고 있는 상대 후보가 자신의 공직 경험과 관련해서 어떤 주장을 하는지 저도 여러분만큼 잘 압니다. 천국에서 우리에게 대항하는 자들, 다른 누구도 아닌 그들이 그에게 마지못해 어떤 찬사의 말을 글로 적었는지도 알고 있습니다. "사탄이 거짓말을 하는 것은 그의 본성에 따른 행동이다. 그는 거짓말쟁이이고 거짓말의 아버지이기 때문이다." 이 주제에 대한 제 생각을 오해하시면 안 됩니다. 저는 사탄이 거짓말쟁이로서 갖고 있는 훌륭하고 유구한 기록을 누구보다 우러러보는 사람입니다. 지금 불 속과 구덩이 속에 있는 수많은 사람들과 마찬가지로 저도 거짓말에 관해서는 불굴의 정신을 보여준 그에게 깊이 감사해야 한다는 것을 잘 알고 있습니다.

개인적인 이야기를 하나 하자면, 제가 저기 캘리포니아에서 날 때부터 기회주의자였다는 사실을 아실 겁니다. 공직 생활을 하는 동안에는 다른 기회주의자들과 함께 권모술수를 부리는 좋은 경험을 하기도 했습니다. 그러니 모든 기회주의자를 대변해서 이렇게 말할 수 있을 것 같습니다. 사탄은 기억할 수도 없는 오랜 옛날부터 좋을 때나 나쁠 때나 우리에게 항상 영감을 주는 존재였다고요. 저는 이번 선거운동 기간 동안 내내 이 점을 알리고 싶습니다. 저는 거짓말을 할 때 그가 보여주는 집요함뿐만 아니라 거짓말에 대한 진정성도 존경합니다. 물론 저 역시 거짓말에 대해 그만큼 진정성을 갖고 있다고 그가 인정해주었으면 하는 바람도 있습니다.

하지만 한 가지 분명히 해둘 것이 있습니다. 제가 그의 거짓말을 존경하고 우러러보는 것은 사실이지만, 거짓말을 발판으로 삼을 수는 없다고 생각합니다. 그 위에 다른 것을 구축해야지요. 인간이든 악마든 과거에 아무리 대담한 거짓말을 했더라도 그 거짓말이 지금도 현실을 왜곡시키는 힘을 발휘할 것이라고 믿으면 안 된다고 봅니다. 우리는 극적인 변

화들이 신속하게 이루어지는 시대를 살고 있습니다. 제 경험상 어제의 거짓말로 오늘의 문제에 혼란을 일으킬 수는 없습니다. 백만 년 전은 말할 것도 없고, 겨우 일 년 전에 사람들을 현혹했던 방식으로 내년에도 성공할 수 있을 것이라고 기대하면 안 됩니다. 그래서 상대 후보의 경험을 존중하면서도, 지옥에 새로운 정부가 필요하다고 제가 말하는 겁니다. 새로운 뿔, 새로운 반쪽짜리 진실, 새로운 공포, 새로운 위선을 보여주는 정부가 필요합니다. 악에 대한 새로운 헌신, 완전히 타락한 세상을 실현하겠다는 꿈을 위한 계략과 책략이 필요합니다.

제가 과거 미국 대통령이었다는 사실을 지적하며 종족, 신념, 피부색을 막론하고 모든 사람의 고통과 고뇌라는 측면에서 제가 최대의 성과를 거두지 못했다고 주장하는 사람들에게 한마디 하겠습니다. 저는 임기를 한 번도 다 채우지 못하고 암살당했습니다. 수많은 부하의 지원을 받는 사탄조차도 강한 민주적 전통과 세계 최고의 생활 수준을 지닌 나라를 겨우 천 일 만에 멸망으로 이끌 수 있다고 주장하지는 못할 겁니다. 비록 그 '하얀' 집에 머무른 기간은 짧았지만, 저는 미국인들의 삶에서 사악한 것을 모두 유지하고 영속화하는 데 성공했다고 굳게 믿고 있습니다. 또한 새로운 억압과 불의의 토대를 마련하고, 종족 세대 계급 사이에 원망과 증오의 씨앗을 뿌렸다고 말해도 될 것 같습니다. 이것들이 장차 미국인들을 괴롭게 만들기를 바랄 뿐입니다. 저는 핵무기에 의한 학살이 벌어질 가능성을 낮추는 일을 전혀 하지 않았습니다. 오히려 전세계에서 호전적이고 공격적이고 파괴적인 정책들을 유지함으로써 그 방향으로 계속 나아갔습니다. 특히 동남아시아를 볼 때 자부심을 느껴도 될 것 같습니다. 여기 위대한 지옥에서 복수심에 불타는 영혼들이 전 인류에게 내리기를 원할 만한 불행을 그 지역에서 상당히 키우는 데 성공했으니까요.

물론 내 나라가 베트남, 라오스, 캄보디아 사람들에게 야기한 파괴와 불행이 모두 저의 공이라고 주장할 생각은 없습니다. 사실 앞으로 여러분은 저만큼이나 그 일에 헌신적이었던 사람들을 많이 만나게 될 겁니다. 그 지역 아시아인들의 삶을 악몽으로 만들기 위해 불철주야 열심히 일하며 저만큼 헌신하고 자신을 희생한 사람들입니다. 그들이 이곳에 온다면 지옥을 위해 많은 기여를 할 겁니다. 이와 관련해서 한 말씀 드리자면, 만약 제가 대악마로 선출된다면 저쪽 세상에서 그랬던 것처럼 여기서도 그들에게 조언을 듣는 데 주저하지 않겠습니다.

동남아시아에서 내 나라가 발동시킨 위대한 고통 프로그

램을 제가 혼자 힘으로 만들어 이끈 것은 아닙니다만, 이 말씀만은 드리고 싶습니다. 그 프로그램을 주도적으로 추진할 기회가 왔을 때, 저는 전임자들의 살육 방식을 고수하지 않았습니다. 여러분도 아시다시피, 살육에 관해서는 과거의 방식을 고수할 수 없기 때문입니다. 이미 말했듯이, 우리가 경쟁 중이기 때문에 그렇습니다. 전세계의 분쟁에서 우리가 그저 자기 자리를 지키면서 혼자만 고통받지 말고 남녀노소를 막론한 모든 사람에게 고통을 퍼뜨리는 것이 중요하기 때문에 그렇습니다. 기록을 살펴보면, 제가 동남아시아 전역에서 바로 그런 일을 이룩했다는 사실을 틀림없이 알게 될 겁니다. 제게 부여된 아주 짧은 시간 동안 전임자들이 제공해준 기회를 놓치지 않고, 미국 공군의 도움을 얻어 그 지역을 지상의 지옥 그 자체로 만들어버렸다는 말에 여러분도 동의하실 거라고 생각합니다.

그러나 동남아시아에서 제가 그런 일을 이룩했는데도, 미국 대통령으로 재직하는 동안 취한 이른바 '인도적'인 조치나 '자비로운' 조치를 지적하며 제 평판을 공격하려는 사람들이 아직도 존재한다는 사실을 여러분과 마찬가지로 저도 알고 있습니다. 제가 말씀드립니다. 저의 악명을 공격하는 그 근거 없는 공격에 대해 저는 이 방송이 끝난 뒤 흑서를 발표할 생각입니다. 제가 '인도적'이거나 '자비로웠다'고 그들이 주장하는 모든 사례에서 저는 사실 오로지 정치적 사익을 위해 움직였으며 저 자신을 제외한 모두의 안녕과 복지에 대해서는 노골적인 경멸과 냉소까지는 아닐망정 철저한 무관심으로 일관했음을 보여주기 위해서입니다. 혹시라도 제가 아닌 다른 누군가에게 좋은 일이 생겼다면, 그것은 제가 전혀 의도하지 않은 우연일 뿐이며, 흑서가 그 점을 더할 나위 없이 명확하게 밝혀줄 겁니다.

제 행동이 우호적인 결과를 낳았다는 사실을 몰랐다는 주장이 여러분의 대악마가 되고자 하는 악마에게 변명이 될 수 있다고 말하지는 않겠습니다. 제가 지상에서 그렇게까지 끔찍하지는 않았다는 점을 여러분 앞에서 시인할 뿐입니다. 그러나 지옥의 대다수 악마들도 저와 같았을 것이라고 확신합니다. 여러분도 저처럼 허비해버린 기회와 양심의 고통에 대해 후회하고 있을 것이라고 확신합니다. 하지만 오해하지는 마십시오. 저는 이제 양심이니 신중함이니 평판이니 하는 것에 구애받는 사람이 아닙니다. 최고의 권력을 지녔지만 갖가지 장벽과 방해물 때문에 악을 행하지 못하는 미국 대통령도 아닙니다. 드디어 지옥의 시민이 된 것이 제게는 위대한 도전이자 기회라고 여러분께 말씀드리고 싶습니다. 그래서 동료 망자 여러분께 자신 있게 말합니다. 구속도 없고 신성한 것도 없는 여기 지옥에서 여러분은 새로운 딕슨을 보게 될 겁니다. 미국인으로 살 때는 꿈으로만 그려볼 수 있었던 딕슨, 지옥에 떨어진 여러분에게 걸맞은 대악마가 될 수 있는 경험과 에너지를 지녔다고 겸허히 아뢰는 딕슨입니다.

오늘 심사위원으로 나온 네 악마가 사탄과 제게 질문하는 순서가 있으니, 제 발언을 이만 끝맺고자 합니다. 분명히 말씀드리지만, 저는 그 네 악마의 질문을 기꺼이 받을 겁니다. 그러나 발언을 끝내기 전에 지옥의 주민들에게 마지막으로 특히 분명하게 밝히고 싶은 것이 있습니다. 영원한 세상에서 저는 악의 영토에 들어온 지 얼마 되지 않았습니다만, 역사학도이기도 한 까닭에 분명히 말씀드립니다. 현 정부의 기록, 특히 올바름의 왕국과의 관계에 관한 기록을 쭉 읽으면서 저는 유화적인 태도라고 표현할 수밖에 없는 심각한 사례에 충격을 받았습니다. 유감스럽게도, 완전한 복종과 항복의 태도가 드러난 사례였습니다. 네, 바로 저 유명한 욥의 사례를 말하는 겁니다.

사탄이 그 사례에서 자신이 보인 행동을 변호하기 위해, 선량한 욥에게 어떤 고통을 주었는지 여러분에게 아주 자세히 설명한 것을 알고 있습니다. 저도 사탄이 욥을 극단적으로 괴롭히지 않았다고 말할 생각은 없습니다. 사탄이 욥의 양떼와 하인들에게 한 일, 욥의 머리끝부터 발끝까지 지긋지긋한

종기가 돋게 한 일을 깎아내려 저를 높일 생각도 없습니다. 사탄이 고안해낸 고통과 처벌의 프로그램이 그 상황에 딱 맞는 것이었음에는 의문의 여지가 없습니다.

그래도 그 일 이후 수천 년이 흐른 지금도 남아 있는 의문이 있습니다. 그 프로그램은 누구의 후원으로 고안되었으며, 무엇을 위한 것이었을까요? 지옥의 후원으로? 사악함을 위해?

이 질문의 답은 '아니다'입니다. 저처럼 기록을 잘 읽어본다면, 그 프로그램이 천국의 후원으로 올바름을 위해 만들어졌음을 여러분도 알게 될 겁니다. 여러분의 대악마가 욥의 고통과 처벌 프로그램을 계획해서 시행했고, 거기에는 우리의 자원이 상당히 소비되었습니다. 그런데 기록을 잘 읽어보면 그 대악마가 다른 누구도 아닌 하느님의 지시로 움직였음을 알 수 있을 겁니다. 여러분의 대악마가 하느님의 허락을 먼저 구하지 않고는 사악한 행동을 단 하나도 하지 않았음을 알 수 있을 겁니다. 그 대악마가 욥의 인내심을 단련한 것은 그의 순종적인 태도를 없애 그를 파멸시키기 위해서가 아니라 하느님의 정의에 봉사하기 위해서였음을, 심지어 거기서 그치지 않고 하느님의 올바름이 빛나게 하기 위해서였음을 알 수 있을 겁니다.

사탄은 욥 사건에서 자신이 수행한 역할을 제가 잘못 설명하고 있다는 뜻을 이번 선거운동 중에 여러 번 드러냈습니다. 이번에 기록을 완전히 바로잡기 위해, 당시 하느님과 사탄이 열었던 회의의 의사록을 제게 남은 몇 분 동안 여러분에게 그대로 읽어드리겠습니다. 타락하고 방탕한 여러분, 방종하고 부패한 여러분, 제가 선거운동 중에 내놓았던 주장들, 오늘 이 방송에서 되풀이한 그 주장들이 '역사의 무모한 왜곡이자 고의적인 오독'에 해당하는지 판단하는 것은 여러분에게 맡기겠습니다. 사탄이 자신의 주장처럼 사악함을 위해 '악마답게' 일했는지 아니면, 누구나 이해할 수 있는 표현을 사용하자면, 신의 의지에 따라 행동했는지 판단하는 것도 여러분에게 맡기겠습니다.

제가 지금 갈고리손톱으로 쥐고 있는 이 문서는 '성서'라고 불립니다. 이 문서는 거짓말을 하지 않습니다. 그래서 우리 적들의 성경이 되었습니다. 모든 시대를 통틀어 최고의 베스트셀러이기도 합니다. 우리 적들은 이 책으로 자녀들을 세뇌합니다. 여기에는 그들이 세상을 정복하는 도구로 삼을 모든 진실이 들어 있습니다. 이 책의 어디를 펼쳐도 단 한 페이지 안에 지옥의 충실하고 근면한 시민 모두가 진저리를 치며 분노할 만한 지혜와 아름다움이 있습니다.

성경에 기록된 하느님과 사탄의 비밀 대화를 이제부터 읽어드리겠습니다.

하느님 네가 어디서 왔느냐?

사탄 땅에 두루 돌아 여기저기 다녀왔나이다.

하느님 네가 내 종 욥을 유의하여 보았느냐. 그와 같이 순전하고 정직하여 하나님을 경외하며 악에서 떠난 자가 세상에 없느니라.

사탄 욥이 어찌 까닭 없이 하나님을 경외하리이까? 주께서 그와 그 집과 그 모든 소유물을 산울로 두르심이 아니나이까? 주께서 그 손으로 하는 바를 복되게 하사 그 소유물로 땅에 널리게 하셨음이니이다. (계속 사탄의 말이 이어집니다) 이제 주의 손을 펴서 그의 모든 소유물을 치소서. 그리하시면 정녕 대면하여 주를 욕하리이다.

하느님 내가 그의 소유물을 다 네 손에 붙이노라. 오직 그의 몸에는 네 손을 대지 말지니라.

이것은 하느님이 사탄에게 내린 지시였습니다. 그래서 사탄은 어떻게 했을까요? 정확히 하느님의 지시대로 했습니다. 그렇습니다, 타락한 여러분의 대악마가 하느님의 분노의 도구가 된 것입니다.

이번에는 사악함의 황제와 평화의 하느님이 특정할 수 없는 장소에서 두 번째로 비밀리에 만났을 때의 의사록을 읽어 드리겠습니다. 시간관계상 가장 중요한 부분만 읽겠습니다.

하느님 (욥에 대해 이야기하며) 그가 자기의 순전을 굳게

　　지켰느니라.

사탄 ……이제 주의 손을 펴서 그의 뼈와 살을 치소서.

　　그리하시면 정녕 대면하여 주를 욕하리이다.

하느님 내가 그를 네 손에 붙이노라. 오직 그의 생명은

　　해하지 말지니라.

이렇게 두 번째 지시를 받은 사탄이 어떻게 했을까요?

여기 성서에 적힌 내용을 여러분께 그대로 읽어드리겠습니

다. "사탄이 이에 여호와 앞에서 물러가서 욥을 쳐서 그 발바

닥에서 정수리까지 악창이 나게 한지라."

사탄은 하느님의 지시대로 욥의 생명에는 손을 대지 않

았을까요? 네, 그랬습니다. 그것도 지시대로 했습니다.

이 이야기의 달갑지 않은 결말을 우리 모두 기억하고 있

습니다. 욥의 믿음은 깨지지 않았습니다. 오히려 더 강해졌

죠. 그리고 여기 기록에 적힌 대로 하느님은 "욥에게 그 전

소유보다 갑절이나" 주셨습니다.

(트리키가 성경을 덮고, 갈고리손톱으로 자기 비늘에 맺힌 땀을

재빨리 닦는다)

동료 망자들이여, 제가 오늘 밤 제기한 주장을 반박해보

라고 사탄에게 도전합니다. 욥 사건에서 자신이 한 역할을 부

정해보라고 사탄에게 도전합니다. 지옥의 원수를 위하는 행

동임을 알면서도 기꺼이 움직였음을 부정해보라고 사탄에게 도전합니다. 이것이 분명한 반역행위가 아니라 해도 사악한 자들의 안보를 심각하게 방기한 행동이므로 사탄이 올바른 자들의 피고용인이었던 것 같다는 주장을 부정해보라고 도전합니다.

아마 사탄은 이런 행동을 '악마적'이라고 표현하고 싶어 할 겁니다. 그러나 저는 그의 행동이 항복이라고 봅니다. 아마 천국의 지도자들도 그렇게 보고 있을 겁니다. 오해하면 안 됩니다. 제가 그쪽을 잘 압니다. 그들의 대변자와 만난 적이 있거든요. 그들이 얼마나 가차 없고 광신적인 사람들인지 압니다. 분명히 말씀드리지만, 만약 여러분이 그들의 의지에 굴복한다면, 그렇게 해서 단 하나의 영혼이라도 그들의 올바름에 굴복하게 되는 것을 막을 수 있다고 생각한다면, 그것은 슬픈 오해입니다. 그런 행동은 그들의 욕망을 더 자극할 뿐입니다. 이 평화의 하느님은 그저 욥 하나만을 원하는 것이 아니기 때문입니다. 그는 모든 욥을 원합니다. 우리가 매번 그를 저지하지 않는다면, 그가 지옥의 문을 쾅쾅 두드려대는 날이 올 겁니다.

그래서 평화의 하느님을 달래는 일을 이제 그만둘 때가 왔다고 말하는 겁니다. 우리 활동에 더욱 박차를 가해서, 인간의 마음과 가슴과 영혼을 노리는 이 전투에서 새로이 공세를 펼칠 때가 왔다고 말하는 겁니다. 이것은 다른 무엇도 아닌 이념 전쟁입니다. 그래서 우리에게는 자신의 이상을 지킬 의욕과 능력이 있는 대악마가 필요합니다. 뿔의 크기나 나이는 중요하지 않습니다. 그 뿔로 어떤 행동을 하는지가 중요합니다. 오늘 밤 여러분은 우리의 삶 전체에 대해 판정을 내려야 합니다. 우리의 주장, 우리의 신념에 대해 판정을 내려야 합니다. 역사의 흐름은 우리 편입니다. 우리는 그 흐름을 계속 우리 편으로 묶어둘 수 있습니다. 우리가 옳은 편이니까요. 우리가 악의 편이니까요. 오해하시면 안 됩니다. 만약 제가 대악마로 선출된다면, 악이 궁극적인 승리를 거두게 할 겁니다. 우리 자녀들, 자녀들의 자녀들은 올바름과 평화의 끔찍한 고통을 결코 모르게 할 겁니다.

감사합니다.

또 내가 보매 천사가 무저갱 열쇠와 큰 쇠사슬을 그 손에 가지고 하늘로서 내려와서 용을 잡으니 곧 옛 뱀이요 마귀요…… 천년 동안 결박하여 무저갱에 던져 잠그고 그 위에 인봉하여 천년이 차도록 다시는 만국을 미혹하지 못하게 하였다가……

요한계시록

옮긴이 김승욱

성균관대학교 영문학과를 졸업하고 뉴욕시립대학교 대학원에서 여성학을 공부했다. 〈동아일보〉 문화부 기자로 근무했으며, 현재는 전문 번역가로 활동하고 있다. 《킹덤》《고양이에 대하여》《푸줏간 소년》《네타냐후》《카탈로니아 찬가》《들끓는 꿈의 바다》《스토너》《19호실로 가다》《동물농장》《듄》 등 다수의 작품을 우리말로 옮겼다.

우리 패거리

1판 1쇄 인쇄 2024년 5월 22일 **1판 1쇄 발행** 2024년 6월 5일

지은이 필립 로스 **옮긴이** 김승욱
펴낸이 박강휘
편집 이승현 정혜경 **디자인** 지은혜
마케팅 이헌영 **홍보** 박상연
발행처 김영사
주소 경기도 파주시 문발로 197(문발동) 우편번호10881
등록 1979년 5월 17일(제406-2003-036호)
구입 문의 전화 031)955-3100 **팩스** 031)955-3111
편집부 전화 02)3668-3270 **팩스** 02)745-4827 **전자우편** literature@gimmyoung.com
비채 블로그 blog.naver.com/viche_books
인스타그램 @drviche @viche_editors **트위터** @vichebook
ISBN 978-89-349-6207-6 03840 책값은 뒤표지에 있습니다.

비채는 김영사의 문학 브랜드입니다.